KB054634

한국해양대학교 박물관
해양문화정책연구센터
해양역사문화문고 ②

이양선과 조선

김재승

지은이 **김재승**(1943. 8. 22 - 2012. 2.22)

경남고등학교와 동아대 영어영문학과를 졸업하고, 부산대학교 경영학 석사, 한국해양대 경영학 박사학위를 취득하였다. 세동양행을 창업하여 경영하면서 해양사, 해운사, 해군사 분야를 개척하였다. 초정학술상 최우수논문상(한국해운물류학회)와 해양환경대상 해양문화부문 대상(바다살리기 국민운동본부)을 수상하였다.

주요 논저 :『근대한영해양교류사』, 인제대학교출판부, 1997.

The Facts of Korean Classics Stamps, 인제대학교 출판부, 1998.

『한국근대해군창설사』, 혜안, 2000.6.

『진해고등해원양성소교사』, 진해고등해원양성소동창회, 2001.

『만주벌의 이름 없는 전사들』, 혜안, 2002.9.

『신순성 선장』, 해양문화문고 13, 전망, 2005. 10

『그림자 섬(影島)의 숨은 이야기』, 해양문화문고 10, 전망, 2005.

『1763년 대일 통신사선의 건조』, 숭실대학교 한국문예연구소 학술총서4.

『부산 해관(1883-1905)과 고빙 서양인 해관원에 관한 연구』, 전망, 2006.9. (윤광운, 김재승 외 4인 공저)

『근대 조선 해관 연구』, 부경대학교 출판부, 2007.2.(윤광운, 김재승 공저)

해양역사문화문고④
이양선과 조선

2019년 3월 20일 초판 인쇄
2019년 3월 25일 초판 발행

지은이 김 재 승
펴낸이 한 신 규
편 집 이 은 영

펴낸곳 **글터**
서울시 송파구 동남로 11길 19(가락동)
T 070.7613.9110 F 02.443.0212 E geul2013@naver.com
등 록 2013년 4월 12일(제25100-2013-000041호)

ISBN 979-11-88353-12-5 03910   정가 11,000원

2014년 4월 16일은 우리 해양사에서는 결코 잊혀지지 않을 비극의 날로 기록될 것이다. 그러나 이러한 비극적인 일이 바다에서 일어났다고 해서 우리가 바다를 경원시하거나 두려워해서는 안될 것임은 분명하다. 지난 두 세대 동안 우리나라의 해양산업은 조선 세계 1-2위, 해운 세계 6위, 수산 세계 13위권으로 성장하였다. 그러나 해양계에서는 정부와 국민의 해양 인식이 매우 낮다는 사실을 지적하고, 삼면이 바다인 우리나라가 한 단계 도약하기 위해서는 바다를 적극적으로 이용하고 개척해야만 한다고 주장해 왔다. 이런 상황에서 발생한 '세월호' 사고는 우리 국민들의 배와 바다에 대한 인식을 기존 보다 더 악화시켜 버린 결정적인 계기가 될 것임은 자명하다.

그러나 우리가 배와 바다를 멀리 하려해도 부존자원이 적고, 자체 내수 시장이 작은 우리의 현실에서는 배를 통해 원자재를 수입해서 완제품을 만들어 해외로 수출하지 않으면 안되는 경제구조를 갖고 있다. 그러한 까닭에 우리는 단순히 배와 바다를 교통로로 이용하는 데 그칠 것이 아니라, 배와 바다를 연구하고, 도전하고, 이용하고, 투자하여 미래의 성장 동력이자 우리의 삶의 터전으로 삼지 않으면 안된다. 이러한 사실을 기성세대에게 인식시키는 데는 많은 노력을 기울여야 하는 데 반해, 그 효과를 기대하기는 어렵다. 따라서 우리의 미래를 짊어질 다음 세대들에게 바다의 역사와 문화, 배와 항해, 해양 위인의 삶과 역사적 의미 등을 가르쳐 배와 바다를 아끼고, 좋아하고, 도전하고, 연구하는 대상으로서 자기 삶의 일부로 친근하게 느낄 수 있도록 교육하는 일이 무엇보다 중요하다. 왜냐하면 우리의 미래를 이끌고 갈 주인공이 청소년들이기 때문이다.

다른 분야와 마찬가지로 우리의 청소년들이 지식과 사고력을 기르는 기본 도구인 교과서에 해양 관련 기사가 매우 적다는 것은 익히 알려진 일이다. 그나마 교과서에 포함된 장보고, 이순신, 윤선도, 삼별초 등의 해양관련 기사도 교과서의 특성상 한 쪽 이상을 넘어가기는 매우 어렵다. 이러한 두 가지 점에 착안하여 우리의 미래를 이끌어갈 청소년들에게 교과서에서 미처 배우지 못한 배와 항해, 해양문학, 해양역사, 해양위인, 해양문학과 관련된 내용을 배울 수 있는 부교재로 활용되었으면 하는 바람에서 해양역사문화문고를 간행하게 되었다. 중고교의 국어, 국사, 사회 등 교과서에 실린 바다 관련 기사의 내용을 보완하는 부교재로 널리 활용되고, 일반인들이 바다의 역사와 문화의 중요성을 재인식하는 데 도움이 되었으면 하는 마음 간절하다.

이 문고가 간행되는 데 재정 지원을 해주신 트라이엑스(주)의 정헌도 사장님과, 도서출판 문현의 한신규 사장님과 편집부 직원들에게 감사의 말씀을 전한다.

2019년 초
김 성 준

이 책은 故 김재승 박사님은 한국해기사협회 회보인 월간
『해기』(1987. 4 - 8)에 연재했던 내용을 일부 낱말과 한자어투를
현대어로 수정한 것이다. 故 김재승 박사님은 『한영근대해
양교류사』(인제대), 『해군창설사』(혜안), 『진해고등해원양성소교
사』, 『양무공 신순성 선장』 등을 저술한 한국해양사의 개척자
이다.

故 김재승 박사님은 ㈜세동양행을 창업 및 경영하는 경영인
이었으면서도 우표수집과 해양사 연구에 각별한 애정과 열
정을 쏟았다. 그러한 노력 끝에 2005년 한국해양대학교에서
〈대한제국 통신원 관선과에 관한 연구〉로 경영학박사학위
를 받고 학문적 열정을 꽃피우던 중 2012년 2월 뇌종양으로
작고하셨다. 故 김재승 박사 님은 많은 논문과 저서를 발표
하셨지만, 미처 책으로 발간되지 못하고 있는 원고들이 산재
하고 있다. 그 가운데 해양역사문화문고의 발간 목적에 맞는
'조선 해역에 이양선의 출현과 영향'을 〈조선과 이양선〉이라

는 제목을 달아 출간하게 되었다. 다소 학술적인 느낌이 들기도 하지만, 이양선의 출현과 조선에 끼친 영향을 이해하는 데는 이만한 교재가 없을 것으로 생각하며, 청소년은 물론 일반 독자들에게도 널리 익혀지기를 기대한다.

2018년 가을
김성준

목차

1 머리말

　17세기로부터 조선해역에 출몰하기 시작한 서양선의 출현
은 봉건왕조로 은둔해 있던 이 땅에 하나의 충격이었다.

　서양세력이 동양에 본격적으로 밀려왔던 서세동점(西勢東漸)
시대를 맞이하기 전인 17세기만 해도 동아시아지역에서 대서
무역창구로 개방된 항구는 1641년부터 화란상선이 일본과 공
무이을 제한적으로나마 허용했던 나가사키와 1537년 포르투
갈이 점령하여 동아무역의 기지로 사용했던 마카오, 그리고 당
대이래(714년)로 시박사(市船司)를 설치하여 대외무역을 허가했던
중국의 광저우(廣州) 등 세 항구였다. 이 세 항구를 중심으로 영
국, 네덜란드, 프랑스, 포르투갈, 미국 등 서구열강이 대동아시
아 무역을 전개하면서 자국의 이익을 위하여 수단과 방법을 가
리지 않고 상행위를 해왔다.

　이 서구의 중상주의정책에 따라 동아시아 지역은 점차 이들
의 경제적 식민지화가 가속되었으며, 무역기지는 정치적 침탈

기지화되어 막대한 이권을 낳게 되었다. 이에 따라 변모도 점차 대형화가 되어왔고, 봉건전제군주국인 동양적 질서는 서서히 변모를 강요당하게 되는데, 초기 조선해역에 나타난 이양선들은 이 개항장으로 항해도중에 조난이나 청수를 구하기 위해 나타난 화란상선으로 일본의 나가사키 항에 출입했던 선박이다.

1860년대의 조선 재래선

서구의 사정을 전혀 모르는데 조용한 은둔국으로 중국을 통해서만이 외부세계와 통교해왔던 조선은 이제까지 보지 못했고 더구나 조선의 재래선과는 모양부터가 전혀 다른 배 즉, 이양선의 출현은 처음에는 호기심에서 점차 두려움, 나아가서는 위기의식으로 변화되어 가는데, 이러한 위기의식은 중국이 아편전쟁(1840~1842년)에 대패하여 영국에 굴복하고 말았다는 소식이 조선에 전해지자 위정자는 물론이고 일반관민들도 대단한 공포의식에 젖어있게 되었고, 이 이양선의 출현도 공포의 대상이 되게끔 양반과 백성의 인식이 변천되어진다.

이러한 이양선에 대한 공포감은 비단 대외적 문제에서만 기인된 것이 아니라, 서교의 전래로 로마 카톨릭교 신부가 입조하여 박해와 순교로 점철되었던 19세기전반, 조선의 대내사정과 상승 작용되어 철저한 배타심을 가지게 된다. 특히 1866년 프랑스의 로스(Ross) 제독이 이끄는 극동함대의 조선원정 이후에는 해안방어를 튼튼히 해야 하고 대포가 달린 군함만 있다면 양이로부터 나라를 지킬 수 있다는 소박한 생각이 위정자들 사이에서 발아하게 되어 대원군의 군함제작에까지 그 영향을 미치게 되었다.

이 글은 이양선이 조선해역에 본격적으로 출몰하기 시작했던 18세기 말부터 부산 개항에 이르기까지 이들 이양선은 어떠한 선박이며, 무슨 목적으로 나타났는가? 그리고 조선정부와 일반 사민은 이들을 어떻게 대응했으며, 처음 호기심에서 점차로 위기감과 공포심으로 변모하여 어떻게 해방(海防)사상으로까지 그 영향을 미쳤고, 조선의 정치, 사회적으로는 어떠한 영향을 주었는가를 살펴보고자 한다.

2 난파된 화란상선

　서구열강이 신항로 발견을 국가정책사업으로 전개함으로써 해외시장을 개척하여 무역통상을 확대하고, 한편으로는 로마 카톨릭교 포교에 열을 쏟게 됨으로써 맞이하게 된 서세동점의 신시대에 조선 해역에 출몰하게 되는 서양선도 이러한 시대적 추세에 발생하게 된 자연적 현상이다.[1]

　즉, 17세기 초에 조선해역에 나타난 서양선은 무역선으로 공무역이 허용되던 일본 나가사끼로 항해 도중 표류된 조난선이었다. 처음 서양선에 대한 문헌상 기록으로는 인조5년(1627년) 제주도에 표착한 화란상선 우베르케레크(Ouwerkerek) 호다. 이 배는 당시 화란령이었던 바타비아(오늘날의 자카르타)에서 류쿠를 거쳐 일본 나가사끼로 항해중 풍랑으로 인하여 제주도에까지 표류했는데, 선원 중 3명이 청수를 구하러 상륙했다가 제

---

1) Gari Ledyard, The Dutch Come to Korea, Royal Asiatic Society, Korea Branch, Taewon Publishing Company, Seoul Korea, 1971, p.26.

13

주관헌에게 붙잡혀 포로가 되었다. 그 중에 벨테브레(Jan Janse Weltevree)는 조선에 정착하여 이름도 조선 이름인 박연(朴淵 또는 朴燕)으로 쓰며 관리가 되었고, 조선 여인과 결혼하여 70세까지 살면서 서양식 대포와 화약술을 전한 장본인이기도 하다.

그 다음에 나타난 것도 역시 화란상선 스페르베르(Sperwer, Sparrow Hawk) 호로 선원 64명을 태우고 인도네시아의 바타비아, 대만을 거쳐 일본 나가사끼로 항해도중에 1653년 8월 15일 폭풍우를 만나 난파되어 제주도 해안까지 표도해 왔다. 그 중에 38명만이 구조되어 제주관헌의 보호를 받았고, 조선인으로부터 비교적 인간적인 대접을 받은 것으로 기록에는 나타나 있다.[2]

이 배의 선원중 화물감독인 하멜(Hendrik Hamel)은 조선에 억류된 지 13년만인 1666년 9월 15일 동료선원 8名과 함께 야간탈출에 성공하여 일본 나가사키를 거쳐 본국으로 돌아가 『하멜 표류기』 (영문본의 원명은 An Account of the Shipwreck of a Dutch Vessel on the Coast of the Isle of Quelpart, together with Description of Kingdom of Corea)를 남겼고, 이 책은 서구인에게 조선을 소개한 최초의 문헌기록으로 전해오고 있다.

이때까지만 해도 전통적으로 어렵고 위기에 처해있는 약한

---

2) Joseph H. Longford, The Story of Korea, Adelphi Terrace T. Fisher Unwin, London, 1911, p.219.

자에게 은혜를 베푸는 것을 미덕으로 알고 있는 조선 사람들은 해난사고로 표도해 온 외방인에게 후의를 베풀어 왔다. 따라서 서양의 표류선 선원들에 대하여 동정과 호기심을 보이긴 했으나 그들이 원하는 바 출국은 시키지 않고 계속 억류를 한 이유는 소상히 전해오지 않는다.

18세기 말부터 로마 카톨릭교가 동아시아 지역에 포교활동을 적극 전개함에 따라 서구열강의 대극동무역도 더욱 활기를 띄게 되는데, 프랑스혁명과 나폴레옹 전쟁기간을 전후로 영국 해군이 해상권을 장악하게 됨에 따라 영국의 군함과 상선의 극동진출이 빈번해졌고 그 여파는 조선해역에까지 서서히 나타나기 시작했다.

3 이양선들의 정체와 내조의 목적

　조선실록에 처음 이양선이라는 명칭이 나타나기 시작한 것은 정조21년(1797년) 정사 구월 임신조부터인데, 이 때로부터 이양선은 해난이라는 불가항력 이외에도 1) 해안선의 탐조(深調) 목적 2) 땔감, 부식류 또는 청수의 보급 목적 3) 무역통상의 목적 4) 선교의 목적, 5) 군사적 응징의 목적 등 다양한 형태로 내조를 시도했으나 번번이 실패하고 말았다.

　화란상선이 조난으로 조선해역에 나타난 17세기 이후, 정조에서 고종년간 초기-다시 말해 1876년 2월 27일 부산개항까지 80여 년간 조선 사회에 크나큰 소요를 가져온 것 중 이양선의 출현도 그 원인 중의 하나였다.

　이들 이양선의 소속국가별로 내조목적을 살펴보면 조난이나 보급목적을 제외하고 보면 영국은 통상요구나 통상목적을 위한 사전조사의 목적이 대부분이고, 프랑스는 로마 카톨릭교 포교에 따른 조선의 프랑스인 선교사 학살에 대한 응징의 목적이며, 미국은 무역요구와 함께 야기된 자국민의 학살에 대한 군사적 응징의 목적으로 기타 독일, 러시아, 이탈리아는 통상 요청이 기본적인 목적이었다.

이러한 이양선의 내조에 대응하여 조선의 관민이 보여준 반응은 해난으로 표도해 온 선박이나 선원들은 적극 구조하여 중국이나 일본을 경유하여 본국송환에 협조했고, 보급을 위해 나타난 선박에 대해서는 가능한 한 지원해 주면서도 조용히 떠나 주길 바랐으나 대개는 언어불통으로 인하여 뜻하지 않는 상호 간의 오해를 초래하기도 했다. 즉 강제로 탈취해 가는 사건이 몇 차례 발생했기 때문이다.

그러나 통상요구에 대하여는 철저히 거부했으며, 포교나 군사적 목적으로 왔을 때는 전국이 전시체제를 방불케 하는 대항적 태도를 보였다.

이렇게 이양선의 내조에 따라 여러 가지 양태로 대응하는 데 있어서 일본의 경우와는 대조적인 경향을 보여주고 있는데 일본에서는 흑선(黑船)이 출현함에 비록 포함외교(Gunboat Diplomacy)의 위력에 의한 개항이었지만 수용하는 자세를 보인 반면에, 조선은 밀려오는 서세를 확실히 모르는 채 현상을 피해가려는 태도를 보이고 있다.

같은 동양권에서 이렇게 전혀 다른 양상을 보이고 있는 점은 국민성에서도 그 영향이 있겠으나 일본은 제한적이나마 나가사끼항을 서양에 개항시켜 그들과 간접적 교류가 있어 서양의 자본주의 실체를 대체적으로나마 인식할 수 있었던 반면에 조선은 중국만을 대국으로 생각하며 철저한 유교사상이 나라의 근간을 이루고 있었기 때문이다. 따라서 중국의 아편전쟁 이후 조선에 전래해온 『해국도지(海國圖志)』를 위시한 각종 서양을 소개한 문헌을 통해서만 일부 식자들 간에 어렴풋이 서양의 실세를 알게 되었다. 따라서 조선해역에 나타난 이양선의 실체는 정확히 알 수가 없었을 뿐만 아니라 풍문이 꼬리를 물고 일어나 많은 부작용을 가져오기도 했다.

또 이들 이양선은 군함 아닌 상선에도 강력한 화력을 지닌 대포와 각종 병기로 무장이 되어 있어 외방세계를 전혀 알 수 없었던 조선인에게는 전부 군함으로 인식되었고, 간혹 표도해 오는 포경선도 선수에 장치된 포경포로 인해 군함으로 오해하게 되는데, 이러한 서양실체의 미지로 인하여 19세기 초 이양선의 출현은 외세의 침략으로 받아 들여져 해안선 봉쇄만을 강구하게 되었다.

1) 조난, 피항 및 보급의 目的으로 온 이양선들

조선해역에 처음 이양선이라는 이름으로 외국선이 나타나기 시작한 것은 1797년(정조21년) 9월로 영국의 탐험항해가 브러

튼(William Robert Broughton)이 이끄는 슬루프(Sloop)형 포함 프로비
던스(Providence) 호로 그는 북태평양 탐험 차 동해에 진입하여
시베리아 동안까지 탐색한 후에 부산 용당포 앞바다에 표도하
게 되었다.

　조선측 기록을 보면 실록에 이 당시의 상황이 비교적 소상히
나타나고 있는데, 이 이양선이 나타나자 경상도 관찰사 이향원
은 역관을 문정관으로 파견하여 중국어, 만주어, 일본어, 몽골
어 등 4개어와 필담을 시도했으나 통할 수가 없다고 기록하고
있다. 이에 의하면 선원들은 모두 50인, 배 길이 18발(약 32M),
배 길이 18발(약 12M)로 선원의 대화 가운데 "浪加沙其"라는 소
리가 반복되었다고 기록하고 있어[3] 이 배도 역시 피항을 위해
일시 부산포에 내도한 것이 분명하다. 이 영국선은 풍랑이 멎
은 뒤 출발했다고 보고되어 있어 실록에 처음 이양선이라는 명
칭이 등장하게 된다. 따라서 이양선의 조선 해역 출몰을 이 배
를 기점으로 보는 사가가 있으며[4] 이 배가 부산포에 내박(來泊)함
으로써 조선인들은 이양선의 실지로 직접 목격할 수가 있었다.

　물론 이 프로비던스 호가 조선해역에 나타나기 10년 전인
1787년(정조 11년) 여름 프랑스의 항해가 라 뻬루스(La Perouse)가
조선의 동해안을 탐사하고 울릉도를 다줄레(Dagelet)라고 명명

---

3) 조선왕조실록, 국사편찬위 간, 권47, p.41.
4) 이현종, 「이양선과 흑선에의 대응양태」, 신동아 1976년 11월호, p.155.

했으나 조선 사회와는 하등 통교가 없이 지나치고 말았다. 그러나 이 프로비던스 호에 승선하여 본 부산 용당포 사람은 "이와 같은 배 한척만 있으면 조선의 병선 100척 쯤은 쉽게 무찌를 수가 있겠다."고 말한 죄로 관가에 투옥되어 형을 받았다고 그리피스(William E. Griffis)는 『은둔의 나라, 조선』(Corea. The Hermit Nation)에 쓴 바 있다.

두 번째로 조선 해안에 나타난 이양선도 영국선으로 군함 알세스트(Alceste) 호와 라이러(Lyra) 호인데 1816년(순조 16년) 7월 14일(음력) 서해안 마량진 앞바다에 나타났다. 마량진첨사 조대복(趙大福)과 비인 현감 이승렬(李升烈)이 승선하여 내조의 목적을 문정했으나 역시 언어가 통하지 않아 그 목적을 알 수 없다는 계상을 중앙정부에 올렸으나 선원들이 요구하는 것을 추정컨대 청수와 부식류로 보인다고 보고했다. 이 기록을 미루어 보면 외국과 통교가 엄격히 금지된 조선에 특별한 목적으로 내조한 것이 아님을 알 수 있겠으나, 서해안 연도를 출발 시에 대포를 쏘면서 떠났다고 전한다.[5]

이 두 척의 군함은 함장 바실 홀(Basil Hall)이 이끄는 함대로 그는 백익도를 에딘버러 지리학회장인 그의 아버지의 이름을 따라 "Sir James Hall Islands"로 명명하고 훌륭한 항해기 「Account of a Voyage of Discovery to the West Coast of

---

5) Joseph H. Longford, op.cit., p.225.

Corea and Great Loo-Choo-Islands」를 남겼다.

1850년대의 미국 포경선

한편, 미국적선으로 조선 해역에 처음 나타난 선박은 선명 미상의 포경선으로 1852년 12월 21일(음) 부산 용당포 앞바다에 도박했는데 미국 측 기록에는 전해오는 바 없이 일성록을 위시한 조선측 기록으로만 확인되고 있다. 이 포경선은 미국 뉴 베드포드항을 모항으로 일본 북해도 근해에서 조업 중, 풍랑에 휩쓸려 용당포 해안까지 표류해 온 것으로 보이는 데, 이 양선이 내박하자 부산첨사 서상악(徐相岳)이 이 사실을 경상감사 홍열모(洪說謨)에게 보고하고, 홍열모가 중앙정부에 보고함으로

써 조선측 기록에 남게 되었는데, 좌수우후 장도상(張度相)이 역관과 함께 본선에 승선하여 내도의 목적을 문정했으나 역시 언어불통으로 대화가 되지 못했다.

이들의 대화가운데 '며리계'(旀里界)라는 이야기가 반복되었다고 하니 이는 아메리카가 이렇게 들렸던 것으로 미국의 선박임을 알 수 있다.[6]

이 배의 길이는 25발(약 43m), 폭이 5발(약 9m), 높이 8발(약 14m)로 돛이 3개의 범선으로 선수에 포 1문이 있고 그 외에 다수의 무장이 있어 처음 이 이양선이 나타났을 때 군함으로 오해하게 된 원인이 되었다.

선원은 43명이나 그 중에는 동양인 2명이 있었는데 그들은 일본 어부로 조업 중에 조난을 당했으나 이 포경선에 의해 구조되어 함께 동승해 있었는데 이들 일본인을 통해 이 이양선은 포경선으로 피항의 목적으로 내박했음을 확인할 수가 있었다.

이 2명의 일본인들은 그들이 원하는 바에 따라 조선정부는 부산소재 왜관을 통하여 귀국조치 시켰고,[7] 이양선은 10여일을 머문 뒤 1853년(철종 4년) 1월 1일(음) 마찰없이 조용히 떠났다.

1855년(철종 6년) 6월(음) 미국 포경선 투 브러더스(Two Brothers)호에서 탈출한 4명의 선원이 강원도 통천 해안에 표착했는데,

---

6) 일성록, 권58, 철종 4년 계축정월초 6일 신해조.
7) 동상조

미국인으로서 처음 우리나라에 상륙한 경우가 된다.

포경선 투 프로비던스 호는 조선 해안에 나타나지는 않았으나 이 4명의 선원들은 체류 기간 중에 조선인으로부터 인간적인 대우를 받은 뒤, 북경을 경유하여 미국으로 귀환할 수가 있었다.[8]

그 후 10년만인 1865년 8월(음) 다시 3명의 미국인이 경상도 정일해안에 표류해 왔는데 이들은 조선 배 1척만 빌려주면 떠나겠다고 하여 소선을 타고 떠났으나, 다시 강풍에 조난되었다. 삼척에 있는 전관장 안의석(安義錫)이 삼척해안에서 다시 이들을 발견하고 강원감사 박승휘(朴承輝)에게 이 사실을 보고한 바 있으며, 다음해인 1866년 2월 14일(음) 미국상선 토불(土佛) 호가 선원 8명을 태우고 부산포 앞바다에 나타났다.

부산첨사 윤석만(尹錫萬)은 훈도 이주현(李周鉉)을 이 이양선에 파견하여 문정했으나 역시 언어가 통하지 않아 내도한 목적을 직접 확인할 수가 없었으나 동승해 있는 중국인 2명과 필담으로 이 배는 미국의 무역선으로 선명은 토불 호, 소속은 미국이며 중국으로 귀환도중에 풍랑을 만나 표류하다가 식량 및 부식류가 떨어져 먹을 것을 구하기 위해 내도했다는 사실을 알게 되었다. 그들은 닭과 생선류를 구입하기 원했고 교역이 된다면

---

8) Earl Swisher, "The Adventures of Four Americans in Korea and Peking in 1855," Pacific Historical Review 21(Aug. 1952), pp.237~241.

교역도 하고 싶다는 뜻을 밝혔으나 훈도 이주현은 화매(和賣)는 국법으로 금지되어 허가할 수가 없고, 인도적 견지에서 과일 생선, 닭고기 등을 보급해 주었다.[9]

이 해 5월 12일(음) 미국상선 서프라이즈(Surprise) 호가 다시 평안도 선천포 해안에 난파되어 표도해 왔는데, 평안감사 박규수(朴珪壽)는 표도해 온 이양선에 잡인의 접근을 금하고, 인도적으로 공궤하는데 소홀함이 없이 그들을 문정하라는 지시를 수군방어사 이남보(李南輔)에게 내렸다.[10]

이들은 타고 온 선박이 난파되어 해상으로 출국이 곤란하고 육로를 통하여 중국으로 귀환, 귀국조치가 되었는데 1866년 10월 24일 북경주재 미국공사관 서기관 사무엘 윌리엄스(Samuel Wells Williams)는 당시 미국 국무장관 시워드(Seward)에게 "본인은 미국범선 Surprise호 난파사건과 이들 선원이 朝鮮, 淸國관리로부터 받은 대우, 이들이 청국으로 송치되는 도중 프랑스 선교사로부터 받은 친절한 행위를 귀하에게 보고하게 되어 영광입니다"라고 보고했다.

이렇게 1852년 미국의 포경선이 처음 부산 용당포에 표류해 온 이래로 5차례 여에 걸쳐 조난이나 피항으로 내도해 온 이양선에 대해서는 유달지의(柔達之義)에 따라 철저하게 후의를 베풀

---

9) 일성록 고종편 3, pp.99~100.
10) 일성록 고종편 3, p.278.

었다. 특히 1866년 1월 대원군이 프랑스 선교사 베로뇌 등 9명의 신부와 조선인 천주교도를 다수 처형함으로써 천주교도에 대한 탄압이 절정에 달한 시기였고, 따라서 이양선에 대한 배타감이 고조되어 있던 시기였으나 조난이나 피항 사실이 확인된 이양선에 대해서는 후의를 가지고 조치한 점은 우리가 주목해야할 사실이다.

이 외에도 조난으로 조선해역에 표도해온 이양선으로는 1860년(철종 11년) 4월 10일(음) 상하이와 일본 간을 왕래하던 영국 상선 남자로(南自老) 호가 폭풍으로 난파되어 전라도 추자도(현 제주도에 포함)에 표류했으나 선원 영국인 30명, 중국인 21명은 그들이 원하는 바에 따라 전라우수사 백희수(白希洙)가 배 2척에 식량을 공급하여 귀환 조치를 시킨 바[11] 있으며, 1871년(고종 8년) 5월 독일 상선 추산(Chusan) 호가 서해안 양각도에 표도하여 선원들은 조선인에 의하여 구조된 뒤 보호조치를 받고 있는 것이 구조차 영국군함 링도우브(Ringdove) 호 편으로 내조해 온 독일영사에 의하여 확인되었고, 1879년(고종 16년) 이탈리아 기선 비아네아 포르티아(Bianea Portia) 호가 제주도 근해에서 역시 조난, 난파된 것을 구조하여 선원들을 전원 일본 나가사키를 경유하여 귀환조치 시킨 바 있다.[12]

---

11) 비변사승록 권25, p.512; 철종 11년 경신 4월 10일조.
12) H. N. Allen, Korea: Fact and Fancy(1904) ; Chronological Index, 김규병 역, 『한국근대외교사년표』, 국회도서관 입법조사국, 1966.

이렇게 조난이나 피항의 목적으로, 또는 항해도중에 식량이 떨어져 부득이 표도해온 이양선과 그 선원에 대해서는 적대감이 없이 대해 왔으나, 이양선이 나타나면 해안에서는 계속 변방의 위기를 알리는 봉화가 올라 민심의 동요를 자극하는 요인이 되기도 했다.

2) 해안탐사 및 통상요구의 목적으로 온 이양선들

프랑스 대혁명과 나폴레옹 전쟁기간을 전후하여 영국해군이 세계 해상권을 장악하고 동아시아 무역권을 장악하더니 동인도회사 소속 상선들로 하여금 중국 광둥을 왕래하면서 활발히 아편무역을 전개했는데, 드디어 대중국무역을 독점하더니 조선과의 통상에 관심을 가지게 되었다.

이 목적을 수행하기 위하여 조선에 파견된 선박은 영국적 선박이면서 동인도회사 소속인 로드 암허스트(Lord Amherst) 호로 황해도 장연 몽금포 해안에 나타난 것이 순종32년(1832년) 6월 21일(일)이다.[13]

이미 2차에 걸쳐 영국군함이 조선해역에 나타난 바 있으나 영국 상선으로 통상을 기본 목적으로 한 배는 이것이 처음인데, 약 1개월에 걸쳐 서해안 여러 곳을 탐색하는 한편, 지방관

---

13) 조선왕조실록, 권48, p.383.

을 통하여 조선 국왕에게 예물을 전달하고자 하면서 통상을 요청했다. 그러나 조선은 외국과 통상은 국금(國禁)이며, 일개 지방관으로서 답할 문제가 되지 못함을 이들은 몰랐다.

상선 로드 암허스트 호는 서해안 몽금포, 불모도, 고대도, 간월도, 태안 주사창리 등을 두루 탐사하면서 서구의 문물이 조선인의 인습과 처음 조우하게 한 선박으로 알려져 있다. 즉, 이 상선에는 미국 선교부 화란교회의 선교사인 독일인 귀츠라프(Karl Friedrich August Gützlaff) 박사가 동승해 있었는데, 영국사절 암허스트(William Pitt Amherst) 경을 수행, 중국어 통역을 맡았다. 그는 배의 조선방문 목적 외에도 선교사업의 가능성도 탐색하기 위하여 왔는데, 그러나 조선과의 통상은 조선 측의 완강한 거부로 무위로 끝났지만 한문과 중국어가 능통한 그를 통하여 몇 가지의 문화적 접촉이 이루어졌다. 그는 서해안 도서 주민들에게 의료사업을 실시하는 한편, 감자 종자를 나누어 주고 이의 재배법을 전했다. 이 감자의 첫 경작은 로드 암허스트(Lord Amherst) 호가 7월 17일(음) 서해안을 떠나고 난 뒤에 외국의 식물을 경작할 수 없다는 주민들의 거부감으로 모두 파헤쳐 버려 실효를 거두지 못했다. 그 외에도 성경책과 중국어로 번역된 지리, 수학 등 서적을 지방민에게 전달하려 했으나 거부당했고, 서산 지방관에게 4권의 서적을 전했는데 이는 한역된 「신

구약성서」인 것으로 추정된다.[14]

이양선이 홍주 고대도 해안에 내박했을 때, 홍주목사 이민회(李敏會), 수우후 김영수(金瑩綬)가 본선에 승선하여 필답으로 문정해 본즉 영길리국 선으로 선주는 호하미(胡夏米), 상선의 규모는 길이이 30발(약 51M), 너비가 6발(약 10M)이며, 선원 수는 67명이었다.

배에 비치되어 있는 화기로는 대화포(大火砲) 8문, 총 35정 외에도 각종 무장이 되어 있었으며, 이들은 영국 국왕의 명을 받들어 문서와 예물을 조선국왕에게 바치고 조선과 공식으로 무역을 하고자 조선에 왔다고 언명했다.[15]

이들이 조선왕국에 바친 예물로는 대니(大呢, 옷감의 종류)가 홍색 1필, 청색 1필, 흑색 1필, 포도색 1疋, 우모(羽毛)가 홍색 1필, 청색 1필, 포도색 1필, 종색(棕色, 야자나무 색) 1필, 양포(洋布)가 14필, 천리경(망원경) 2개, 유리그릇 6개, 화금뉴(花金鈕) 6개와 본국 도리서(道理書) 26종[16]이었으며, 그들이 서산 간월도 앞바다에 와서 지방관에게 부식류의 공급을 요청하여 보급 받은 것은 소 2두, 돼지 4두, 닭 80마리, 절인 생선 4담, 채소 20근, 생강 20근, 파 20근, 마늘 20근, 고추 10근, 백지(白紙) 50권, 쌀 4담,

---

14) 이규태 역주, 「귀츠라프 서해안항해기」, 주간조선 제409호(1978.6.11.일자), pp. 15~19.
15) 순조실록 순조32년, 임진7월 을축조.
16) 조선왕조실록, 권48, pp.379~380.

보리 1닷, 술 100근, 연엽 50근으로[17] 푸짐하게 공급받았으나, 조선은 중국과 조공관계가 있어 중국의 문빙(文憑, 문헌 증빙)이 없이는 외국과 함부로 공무역을 할 수 없다하여 통상교역만은 완강히 거절당했다.

1832년(순조3년) 규츠라프의 조선해역 항해도
자료 : 이규태역, 규츠라프 서해안 항해기.

17) 순조실록 동상조

그로부터 13년 후인 1845년(헌종 11년) 6월 영국 국함 사마랑 (Samarang) 호가 벨춰 함장(Capt. Edward Belcher)의 지휘로 제주도 우도(牛島)에 나타났는데, 이 배의 기본 목적은 남경조약 체결 후 새로 개방된 중국 해안을 측량, 탐사의 목적으로 항해하던 중, 이곳까지 오게 된 것이다.

이 사마랑 호는 제주도 해안일대를 두루 탐사한 후, 전라도 장흥부 회녕포 평일도 동송리, 홍양현 초도, 강진현 려안도 등지를 돌아다니다가 거문도를 발견하고 포트 해밀턴(Port Hamilton)이라 명명했다.[18]

이 이양선이 나타나자 조선정부는 이 배가 조선해역에 온 목적이 1832년 7월(양) 로드 암허스트 호와 마찬가지로 공무역을 강요하기 위하여 왔다고 판단하고, 조선은 금단의 나라로 외국 선박이 올 수 없다고 중국 광둥에 있는 심박소(審泊所)를 통하여 청조에 이를 말려줄 것을 요청했다.[19]

사마랑 호가 조선 해역에 나타난 시기는 1839년 9월 프랑스 신부 앙베르, 모방, 샤스탕 등이 처형되고 천주교 탄압이 극심했을 뿐만 아니라, 대국 중국이 아편전쟁에서 패하여 영국에 문호를 개방하고 난 직후로, 중국의 식자층에서는 서구의 문물을 받아들여 나라를 지키자는 자강운동이 고조되던 때이다. 이

---

18) H. Allen, Korea: Fact and Fancy, p.151.
19) 헌종실록 헌종11년 을사 7월갑자조.

러한 중국 측의 사정이 북경을 왕래하던 사신에 의하여 조선에 전해져 위정자와 일부 식자간에는 어렴풋이 영국의 위력을 인식하고 있던 시기인데, 이 배가 제주도에 나타나자 도민의 동요가 대단했음은 당시 이곳에 유배 중에 있던 추사 김정희 (1786~1856)는 다음과 같이 기록하고 있다.

" … 지난 스무날 이후에 영길리 배가 정의현 오도(현재 제주도 북제주군 구좌면 우도 …필자)에 와서 정박하였는데 이곳에서부터 한 200리 떨어져 있네. 그런데 저 배는 별다른 목적이 없이 다만 한낱 지나가는 배이거늘 온 섬이 시끄러워서 지금가지 20일 남짓하여도 가라앉힐 수가 없네. 제주성은 마치 한 차례 난리를 겪은 것 같다는데 이곳은 겨우 일깨워 가르쳐 주어서 다행히 제주성과 같은 지경에 이르지는 아니하였네. 경득이를 곧 보내려고 하였으나 이로 말미암아서 배가 묶였으므로 이제야 상계를 울린다고 하여 지금 서둘러서 포구로 내려 보내는데 좇아가 탈 수 있을지 모르겠네. 심히 걱정되는 군 … "[20]

추사 김정희는 당쟁에 연루되어 1840년부터 제주도에 유배되어 있었는데, 영국 군함 사마랑 호가 제주근해에 나타났을

---

20) 최완수 역, 『秋史集』, 현암사, 서울 1986, pp.271~272.

때 극심한 민심의 동요를 목격하고 둘째 아우 명회에게 보내는 편지 속에 이 상황을 전한 것이다.

여기에서 우리는 이양선이 조선해역에 나타남으로써 파생되는 민심의 동요가 어느 정도로 조선 사회에 영향을 미쳤는가 하는 점을 알 수 있는데, 제주성민들이 전쟁이 난 것처럼 20여 일간 모든 생업이 마비되고 육지와의 선편도 두절되어 혼란을 겪고 있음을 알 수 있다.

이 사마랑 호는 단순히 해안탐사의 목적으로 내도한 선박이나, 이렇게 큰 민심의 동요를 보인 것은 해안에 위치해 있는 봉화대에서 계속 봉화가 올라 변방의 위기를 알리게 됨에 정확한 정황을 모르는 도민에게 불안감을 조성시켰고, 철시하여 산으로 피난 가는 사태가 발생된 것이다. 그러나 중국에 사신으로 다녀와 서구세계를 극히 개략적이나마 인식하고 있던 김정희도 자기가 유배되어 있던 인근지역 주민에게 일깨워 동요를 막고 있으나, 이 외세의 근본 의도는 모르고 있는 것으로 보인다.

이 배는 5월 28일 남해안으로 이동하여 거문도를 '포트 해밀턴(Port Hamilton)'이라 명명하고[21] 일본 나가사끼로 떠났으나, 출항 후에도 중앙정부는 모든 연안의 수령방백들에게 이양선을 엄중히 감시하라는 명령만을 내렸지[22] 그 실체를 알려고는 하

---

21) H. Allen, 『한국근대외교사년표』, p.17.
22) W.E. Griffis, Corea the Hermit Nation; 신복용 역, 『은자의 나라 한국』, 탐구신서 95, 서울, 1976. pp. 48~49.

지 않았다.

한편, 이때를 즈음하여 조선 해역에는 자주 이양선이 출몰하였음은 비변사등록 헌종 15년(1849년) 3월 15일조에 "근일 연해 영문 개이이양선과거사 유소등문의 번선지출항거래 태호무세 불유 운운(近日營門 皆以異樣船過去事 有所登聞矣 蕃船之出港去來 殆乎無歲不有 云云 ……)"이라는 기록이 있어 알 수 있을 뿐만 아니라, 3년 후인 1852년에는 러시아 군함 팔라스(Pallas) 호가 해안에서 2~5마일의 거리를 유지하면서 동해안을 따라 두만강까지 탐사한 바있는데, 조선의 해안에서 봉화가 계속 타오르는 것이 관측되었다.[23] 1854년(철종 5년)에도 러시아 군함이 나타나 동해안을 탐사한 후에 원산만을 라자레프(Lazareff) 항이라고 명명한 바 있는데, 러시아의 세력이 동아시아 지역에 영향을 나타내는 징조를 보이기 시작했다.

1855년 영국 군함 실비아(Shylvia) 호가 부산포에 내박했을 때 존(H.C. St. John) 선장은 한 사민(士民)이 외방인에게 닭을 팔았다는 죄목으로 태형을 받는 것을 목격했는데,[24] 이렇게 조선 정부에서는 이양선이 조선 해역에 나타나면 해안 수비와 민간인과의 접촉을 막는 데만 급급했지 외세의 실상을 아는 데는 너무나 은둔의 나라였다.

---

23) W.E. Griffis, 상게서, p.57.
24) H.Allen, 『한국근대외교사년표』, p.18.

또 1859년(철종 10년) 5월에는 상하이를 출항한 영국적 상선 애서아말(愛西亞末)호가 부산 초량 해안에 나타나 무역 통상을 요청했는데, 문정관은 통상요구는 거절하고 그들이 요구한 약재와 부식류를 공급해주면서 빨리 떠나주기만을 요청했다.[25]

1860년 중국에서는 영·불연합군이 베이징을 함락하고 왕궁을 약탈하는 사건이 발생했다. 조선이 유일한 대국으로 믿고 있던 천자의 나라 중국이 서양 오랑캐에게 굴복했다는 소식에 조야는 깜짝 놀랄 수밖에 없었다. 더구나 만주 신경(新京)으로 피난을 간 중국의 황제가 경우에 따라서는 조선에까지 올 줄 모른다는 풍문에 모든 관청사무가 마비되고 많은 사람들이 산으로 피신가는 사태가 일어났다. 고위관직에 있는 자들 중에서는 식솔만이라도 피신보내기에 바빴고, 정부에서는 전비를 마련하기 위해 경강상인을 위시한 부상들에게 증세를 부과했다. 또 강화도 포대를 보수하고, 1847년 전라도 신치도 앞바다에서 좌초, 침몰한 프랑스 군함 라 글르아와 라 빅또리외즈(La Victorieuse, 뒤에 상술함)의 잔해에서 수거한 무기를 모방하여 총기류를 만드는 등 전시체제화를 방불케 했다.[26] 서양 오랑캐의 실세를 본격적으로 인식케하는 사건인 것이다.

1864년 1월 철종이 승하하고 고종이 등극하자 대원군의 섭

---

25) 비변사등록, 권25, p.375.
26) W.E.Griffis, 상게서, pp.58~60; H.Allen, 상게서, pp.18~19.

정이 시작되었다. 이 해에는 해난으로 조선 해역에 표도해온 이양선 외에도 많은 이양선이 들어와 민심의 동요가 전국적으로 확산되었는데 1월(양)에는 러시아 선박이 원산에 나타나 통상을 요구하다가 퇴각했으며, 2월 12일(음)에는 영국상선 로나(Rona) 호가 해미현 조금진 앞바다에 나타나 무역통상을 요구했다. 해미현감 김응집(金應集)이 동선에 문정관을 파견하여 문정한 바 선장은 마력승(馬力勝, Capt. Morrison), 선원 수는 30명, 중국과 무역을 하는 영국 상선으로 조선과 통상을 희망한다고 하면서 조선 국왕에게 담요 3장, 탁자보 1장, 시계 1개, 천리경(망원경) 1개 등 예물을 가지고 왔다고 했다. 이 통상요구가 거절되자 2월 15일(음) 일단 중국으로 돌아갔다가 4개월 후 재차 조금진에 나타나 통상을 강요했는데, 해미현감 김응집은 다시 외국의 물건을 국왕에게 바치는 선례가 없고, 외국과의 통상은 국법으로 금지가 되어있다 하고 완강히 거부했다.[27]

이 배에는 7월 11일 다시 강화도 월관진 해안에 들어왔는데, 문정관이 동선에 문정차 승선했을 때 통상 요구를 들어 주지 않으면 한강을 거슬러 올라가 서울에까지 들어가겠다고 협박했다.[28] 선원 중에는 중국인이 4명이 동승해 있어 필담으로 대화가 가능했는데, 이들의 협박에 견디지 못한 문정관은 청국으

---

27) 籌辨夷務始末, 國風出版社, 臺灣, pp.1074~1075.
28) 고종 · 순조실록(상), 고종3년 병인 7월12~13일조.

로부터 통상을 허가받았다는 문빙(문서)을 받아오면 통상에 응하겠다고 하자 대청(大淸)의 공문을 받아 다시 오겠다하며 9월 20일 떠나갔다.[29)]

이 로나 호는 영국적 상선이지만 유태계 독일 상선 오페르트(Ernest Oppert)의 지시에 따라 운항되던 선박인데 통상이 목적이기 보다는 당시 아시아 지역에서 자행되었던 서구 상인들의 약탈 목적이 더 컸다.

이 해(고종 3년)에 조선 해역에 나타났던 이양선들을 열거해보면 :

(1) 1월(음) 러시아 군함 선명미상 원산만 - 통상 요구

(2) 2월 11일(음) 영국 상선 로나(Rona) 해미현 - 통상요구(1차)

(3) 2월(음) 미국 상선 사불(土佛) 부산포 - 통상요구차

(4) 5월 12일(음) 미국 상선 서프라이즈(Surprise) 철산 선사포 - 조난사고로 표류

(5) 6월(음) 영국 상선 로나 강화도 - 통상요구(2차)

(6) 8월 20일(음) 미국 상선 제너럴 셔먼(General Sherman) 대동강 - 통상요구

(7) 8월 6일(양) 영국상선 더 엠페러(The Emperor) 해미현 - 통상을 빙자한 약탈의 목적

(8) 9월 23일(음) 프랑스 군함 데룰레드(Deroulede), 타리디프

---

29) 通文館志(坤), 조선사편수회 권71~82, 1944년.

(Taridiff), 프리모게(Primauguet) 인천만 - 군사적 응징을 위한 사전 예비 조사
(9) 10월 13일(음) 프랑스 군함 게리에르(Gerriere), 라 플라스 (La Place), 프리모게(Primauguet), 데룰레드(Deroulede), 타리디 프(Taridiff), 라 브레통(La Brethon), 키엔-찬(Kien-Chan) 江華島 - 천주교신부들의 처형에 대한 군사적 응징의 목적(병인양요)
(10) 12월 27일(음) 미국 군함 더 워슈셋(The Wachusett) 양각도- 제너럴 셔먼 사건의 해명을 받기 위한 예비조사(항로를 잘 못 찾아 실패)

고종 3년(1866년)은 조선에 있어서 새로운 국면을 맞이한 해 였다. 그 해 1월에는 대원군에 의하여 프랑스 신부 베로늬(M. Berneux) 외 9명의 신부와 조선인 천주교도 남종삼, 홍봉주 등 다수가 처형된 이른바 병인사옥와 그에 뒤이은 병인양요가 발 생하여 조선의 배외감정이 최절정에 달했던 해이다. 그리고 조 선사회에서는 대원군의 섭정이 시작된 지도 3년지 지나 어느 정도 실세를 장악하면서, 안동 권씨 문벌과 풍양 조씨 문벌정 치의 폐습을 혁파하는 과감한 개혁을 단행하던 때였다. 나약한 왕권에서 강력한 중앙집권형태를 구축하던 대원군은 이양선이 계속하여 조선 해역에 나타남을 좌시하지 않았고 적극적인 대 처방안을 강구하게 이른 것이다. 대원군은 이른바 해방사상을

실천에 옮긴 위정자이다.

1870년(고종 7년) 6월 1일 일본 동경주재 독일공사 브란트(Max von Brandt)는 기선 헤르타(Hertha) 호를 타고 부산포에 들어와 동래부사에게 통상을 요구했으나 거절당하고 다음날 퇴각한 바 있으며,[30] 이에 앞서 2월에는 국적미상의 이양선이 경흥 앞바다에 내도하여 통상을 요구하다 떠났고,[31] 부산항이 강화도조약으로 개항된 뒤인 1880년(고종 17년) 6월 16일(양) 프랑스 군함 링스(Lynx) 호(함장, Capt. Fourmier)가 부산포에 들어와 통상요구를 했으나 거절당했다. 5월 4일(양)에는 미해군 슈펠트(Shufeldt) 제독이 군함 티콘디로가(Ticonderoga) 호를 이끌고 부산에 나타나 통상요구를 하다가 거절당하자 부산주재 일본 영사를 통하여 서계(書契)를 동래부사에게 전달한 후 퇴각한 바 있다.

이렇게 부산개항 이후에도 미국, 영국, 프랑스, 독일, 이탈리아, 러시아의 선박이 계속하여 조선해역에 나타나 무역통상을 강요했으나 번번이 거절당한 채 떠났다. 1873년 대원군의 섭정이 끝나고 난 뒤 1876년 2월 27일 부산개항이 되면서 조선은 일본의 강요에 의하여 조금씩 서양문문을 접하게 되자 서서히 개화의 바람이 일기 시작했다.

---

30) 일성록 고종 7년 5월 11일(음)~12일조.
31) 동상 2월 12일조.

3) 군사적 응징의 목적으로 온 이양선들

조선을 군사적으로 응징하여 자국의 목적을 달성키 위해 원정함대를 파견한 나라는 프랑스와 미국이다. 프랑스 선교사인 앙베르, 모방, 샤스탕 등 3인의 신부 살해에 대해 배상을 요구하기 위하여 파견된 5차례의 프랑스 함대와 제너럴 셔먼 호가 대동강에서 평양성민에 의하여 파괴되고, 승무원 전원이 학살된 사건을 문책하기 위해 파견된 미국함대가 그들이다. 이것이 이른바 1866년의 병인양요와 1871년의 신미양요로 조선 측의 기록에는 단순히 양요로만 표현되어 있으나 프랑스와 미국 함대의 조선 원정으로서 소규모의 전쟁이었다고 할 수 있다.

1866년 병인양요 당시의 강화 유수부 전경

이 두 서구의 강대국인 프랑스와 미국의 조선 원정은 철저한 자국의 이익과 자국민의 보호라는 원칙 하에서 포함외교의 위력을 구사한 소규모의 전쟁이며, 이를 결행하기까지는 오랜 시간의 준비 작업을 거쳤다.

1794년(정조 18년) 중국인 천주교 신부 주문모(周文模)가 베이징 주교 구베아의 명에 따라 조선에 파견된 이래로 천주교는 당시 사회의 실학사상에 편승하여 일반민 사이에 널리 성행했는데 조선의 전통적인 유교문화와 문화적 갈등과 충돌을 가져오게 되었다. 그리하여 1801년 이른바 신유사옥이라는 대규모 천주교도의 학살사건이 벌어지고, 천주교는 사교라 하여 금지령이 내려진 것이다. 이와 같은 탄압에도 불구하고 베이징 교구에 소속되어 있던 프랑스 신부는 조선 진출의 꿈을 포기하지 않고 있더니 1836년(철종 2년), 모방(Pierre Philibert Maubant)신부가 방갓에 상복 차림으로 압록강을 건너 조선에 밀입국했고, 또 1837년 1월에는 샤스땅(Jaques Honore Chastan) 신부가, 1838년에는 앙베르(Laurent Joseph Imbert) 신부가 서울에 잠입하여 포교활동을 했다. 이들은 조선인 천주교 신자의 도움으로 비밀히 포교사업을 전개했으나 1839년 7월 7일(양) 조선 정부의 사교탄압정책이 강화되면서 프랑스 신부 3명과 조선인 신자가 체포되어 동년 9월 21일(양) 처형되고 말았는데 이것이 이른바 기해사옥이다.

조선에서 프랑스인 신부 3명이 처형되었다는 소식을 전해 들은 주중국 및 인도 프랑스 함대 사령관 세실(Cécille) 해군소장은 프랑스 신부의 처형에 대한 응징과 배상을 요구하기 위하여 1846년 조선 원정을 계획했다.

(1) 프랑스 함대의 조선 원정

세실 해군소장이 지휘하는 프랑스함대의 구성은 끌레오파뜨레(Cléopâtre), 빅또리외즈, 사비네(Sabine) 호 3척으로 870명의 병력이 승선해 있었으며, 마카오를 출항해서 제주도를 경유하여 1846년 8월 2일 외연도에 나타났다. 이들은 조선의 수도 서울을 진입하는 한강입구를 찾을 수가 없어 조선 관헌에게 서신으로 프랑스 선교사의 학살을 문책하고 배상을 요구했는데, 이 서신을 조선국 영의정에게 전달해 줄 것을 외연도 주민에게 요청했다. 외연도는 서해의 고도다. 이 프랑스 함대 사령관 세실 제독의 서한을 전달해 주도록 요청을 받은 주민들은 '이곳이 고도이며 서울과는 천릿길이나 떨어져 전달하기 곤란하다'고 거절하자 8월 9일 작은 나무상자에 편지를 담아 외연도 앞바다에 던져버리고 떠났다.[32] 세실 제독의 서한은 지방관헌의 보고에 의하여 중앙정부에 전달되었는데, 그 내용은 첫째, 세실 제독 자신은 자기 나라의 동포를 보호할 책임이 있는 사람으로

---

32) 조선왕조실록 권48, p.468.

조선정부에 의하여 처형된 3인의 자국 신부가 처형을 받을만
한 중죄를 저질렀는지의 여부를 알고자 한다 하고, 둘째, 조선
은 외국인의 입국을 금지하고 있으나 중국인, 만주인, 일본인
이 입국했을 때는 본국으로 송환했으며, 프랑스 신부 3명을 처
형시킨 조선정부 당국의 해명을 받고자 한다고 하고, 셋째, 즉
시 조선정부의 회신을 받을 수 없으면 내년에 함대를 이끌고
회신을 받기 위해 다시 오겠다 하고, 넷째, 앞으로 다시 프랑스
인의 학대가 있으면 화를 면할 수가 없다고 천명했다.[33)]

이 서한을 던지고 떠난 뒤 1년 만에 약속한대로 프랑스함대
의 제 2차 조선 원정이 단행되었는데, 이때는 세실 제독은 본국
으로 귀환하고 난 뒤라, 이 임무는 후임인 라 삐에르(La Pierre) 해
군대령이 맡았다. 그는 모함 라 글르와(La Gloire) 호와 포함 빅또
리외즈 호에 병력 560명을 태우고, 또 안내역으로 프랑스 신부
메스뜨르(Maistre)와 조선인으로 이때에 마카오에서 신부 수업을
받던 부제 최양업을 동승시켜 1847년 전라도 신치제 근해에
나타났다. 그러나 때마침 여름 태풍기인지라 프랑스 원정함대
2척은 암초에 부딪혀 난파되고 말았다.[34)]

난파시에 프랑스함대 수병 2명이 익사하고, 나머지 560여명
의 병력은 인근 고군산에 긴급 대피했는데, 라 삐에르 대령은 8

33) 동상, p.515.
34) 여동찬, 「병인양요에 이르기까지의 한불관계」, 『문학사상』 82호(1979.9),
    pp.318~320.

월 13일(양) 전라감사 홍의석에게 서한을 보내 작년도 세실 제독의 서한에 대한 회신을 받으러 왔으나 뜻밖에 폭풍을 만나 배 2척이 모두 파괴되었고 부득이 섬에 상륙하여 있어 식량과 급수가 떨어져 곤경에 처해있으니 구제를 바란다고 했다. 또 귀국과 화평을 원하며 본 함대의 승무원을 구조해준다면 본국 황제에게 이 사실을 보고하겠다고 하면서 식량과 배 2척을 빌려주면 상하이로 돌아가겠다고 했다.[35]

전라감사 홍의석의 보고를 접한 비변사에서는 조난 선박이면 양식과 선박을 빌려줄 수 있다고 결정하고, 공급을 지시했으나 상하이에서 긴급 구조차 파견된 영국군함 2척에 구조되어 중국으로 돌아갔다.[36]

1846년, 1847년 2차에 걸친 프랑스함대의 조선원정은 별 소득 없이 실패로 끝나고 말았는데 막강한 프랑스함대로는 수치가 아닐 수 없었다. 더구나 2차 원정 때 해난사고로 인하여 많은 장비와 물자를 남겨놓고 돌아가 자존심이 상하지 않을 수 없었고, 프랑스의 위신이 크게 손상되었다는 것이 지배적 여론이었다. 그리하여 1848년 4월 28일 프랑스 함대 바요네에즈 (Bayonnaise) 호 함장 유리앙(E. Jurien) 해군 중령은 해군장관에게 보낸 서한에서 "세실 제독과 라 삐에르 함장의 조선 원정은 실

---

35) 조선왕조실록 권48, pp.523~524.
36) 여동찬, 상계고, pp.318~320.

패했으며, 라 글르와 호와 빅또리외즈 호 2척의 군함이 조난되어 많은 장비와 물자를 남겨두고 왔으니 프랑스 해군의 명예를 위해서라도 조선 원정은 다시 실시해야한다."[37]고 필요성을 강조했다. 그러나 이 건의는 프랑스 2월 혁명 직후인지라 국내 정치적, 사회적 불안으로 채택되지 못했으나 두 차례에 걸친 원정의 실패를 만회하기 위해 대책을 강구하기 시작했다. 따라서 선교사 살해에 대한 응징이나 보상을 받기 위한 소극적 원정보다 조선을 군사적으로 정복해서 식민지화하기 위한 적극적인 방법을 채택하고, 해군성 및 식민성장관은 인도차이나 기지사령관 드 게렝(De Guérin) 해군소장에게 명하여 조선을 식민지화하기 위해 예비조사로 조선의 사회상황과 자원에 대한 정확한 정보수집차 조선에 파견했다. 그는 군함 비어지니(Virginie) 호를 이끌고 조선행을 단행했는데 1856년 7월 16일부터 동서남의 조선 해안을 약 2개월에 걸쳐 조사하고,[38] 9월 30일 자세한 보고서를 해군성 및 식민성 장관에게 제출했다.

그는 2차에 걸쳐 "조선이 프랑스를 원수로 대하면 우리도 조선을 원수로 대할 것이고, 친구로 대하면 우리도 친구로 대할 것이다"[39]라고 했다.

---

37) 동상
38) 「한불관계자료」(1846~1856), 『교회사연구』 제1집(1977), 교회사연구소, pp.177~189.
39) 상게서, p.189.

데 게렝의 조선 탐사보고서는 2개 부분으로 나누어져 있는데, 1부는 조선 해안을 탐색한 종합적인 측량보고이며, 2부는 「조선의 사회적 상태 : La Oartie, Etat social du pays, relations」인데 조선은 관민이 분열되어 있고 무력한 국가로 보고하고 있다.

조선은 외국 군함 한척만 나타나도 도망칠 줄밖에 모르는 약소국가로 만약에 유럽 열강이 조선을 야심만 가진다면 당장에 점령할 수 있으며, 가장 선제공격이 적당한 장소로는 영흥만을 지적했다. 또 그는 보병 6천명, 기병 300명에 경포병 1개 중대만 있으면 영흥만을 쉽게 점령할 수 있다고 보고했다.[40] 사실 데 게렝 제독의 보고서는 당시의 조선 사회를 정확히 분석했고 프랑스는 이미 인도차이나 지역에서 포함의 위력으로 무력한 국가를 식민지화 하는 데 성공을 거둔 바 있는 나라다.

이러한 프랑스의 조선 정복계획은 이 때 이미 수립되어 1866년 프랑스 선교사가 다시 학살되는 병인양요를 계기로 같은 해 두 차례에 걸친 조선원정을 다시 시도한 것이다.

나폴레옹 3세의 위세가 절정에 달했을 때인 1866년, 조선정복의 야심을 버리지 못하고 있던 프랑스에게 조선이 다시 프랑스 선교사 9명을 학살했다는 소식이 중국을 통해 전해지자 조선정복의 계획은 구체화 되었고 이 계획을 실천에 옮긴 것은

---

40) 상게서, pp.190~196, 247~257.

당시 중국에 주둔하고 있던 프랑스 극동함대 사령관 로즈(Roze) 제독에 의해 단행되었다.

원정함대의 구성은 모함 쁘리마게 호(함장 Bochet), 포함 타리디쁘 호(함장 Chanoine), 통보함 데루레데 호(함장 Richy) 3척으로 게렝 제독이 작성한 남양만 해도를 가지고 9월 23일 인천만 작약도 근해에 들어왔다. 이들은 사전 지형 정찰의 목적으로 기함은 남겨둔 채, 2척의 군함으로 한강을 거슬러 올라와 서강까지 진출했는데, 이때는 정찰원정의 목적만으로 왔으므로 서울 정복은 가능하다고 판단하고 10월 6일 일단 중국으로 귀환했다.

로즈 제독은 정찰항해의 결과를 본 본국 해군성에 보고하면서 "한정된 병력으로 조선 정복은 어렵고 그 대신 수도의 관문인 강화도를 군사적으로 정복하고 한강을 봉쇄하여 조선 정부를 굴복시키겠다"고 했다. 이 건의는 해군성과 외무성의 허가를 얻어 1주일만에 두 번째의 조선 정복이 단행되어 병인양요라는 한불간의 첫 전투가 발생된 것이다.

이 두 번째의 로즈 제독 함대는 첫 번째 원정에 참가했던 3척의 군함 외에도 프리깃함 게리어(Guerrier) 호, 코르벳 함 라 쁠라스(La Place) 호, 통신함 키엔-찬 호, 포함 르 브레통(Le Brethon) 호 등 7척으로 구성되었고, 총 병력은 일본 요코하마에 주둔해 있던 해병대 400명을 포함하여 약 1천명이 참가했다.[41]

---

41) H. Fleming, The Life Story of Henry G. Appenzeller, Revell Company,

10월 16일 오전 8시 강화성에 대한 공격이 개시되었다. 조선의 구식 대포로는 프랑스의 정예함대의 공격을 막을 수 없었다. 후장포 80문으로 무장된 강화성은 프랑스 원정군에게 함락되고 강화부에 보관되어 있는 많은 문서와 서적류가 원정함대에 노획되었다.[42]

사태가 위급해지면서 수도 서울의 안보가 위협에 직면하자 대원군은 병력을 증강하여 수원정초군 500명, 광주별파진 200명, 양주동오군 100명을 파견하여 방비를 강화시켰고,[43] 10월 22일(음력 9월 14일)에는 군민을 격려하는 격문을 발표하면서 프랑스 함대의 격퇴에 궐기하라고 호소했다.

10월 18일 통진에 진입한 프랑스 원정군은 민가를 약탈하고 가축과 기물을 가지고 갔으며, 관아에서는 은괴가 들어있는 상자 18개를 비롯하여 많은 관복과 기구를 약탈했는데 프랑스 화폐로 19만 7천 프랑의 가치가 있다고 프랑스의 기록은 밝히고 있다.[44]

11월 10일(음력 10월 4일) 프랑스 원정군은 정족산성을 공격, 양헌수가 매복시킨 조선 병사 540여명과 본격적인 전투가 벌어졌는데 올리비에(Ollivier) 해군대령이 지휘하는 수병과 해병 160

New York, 1912, p.45.
42) W.E. Griffis, 상게서, pp.77~78.
43) 고종순조실록(상), 고종3년 병인 9월초 9일조.
44) 「병인양요 때 불장교가 쓴 한국기록공개」, 『동아일보』 1979년 7월 30일자.

명으로 구성된 특공대와 조우하여 처음으로 막강한 프랑스군이 패배하는 전투가 되었다. 이 전투에서 프랑스군이 6명 전사에 32명이 부상하자 특공대는 무기를 버리고 퇴각했다.

정족산성의 패전소식이 기함에 있던 사령관 로즈 제독에게 전해지자 한강봉쇄를 통해 조선정부를 굴복시키겠다는 계획이 실효성이 없음을 알게 된 그는 차차 겨울철에 접어들면 해안이 결빙되어 함대의 운항이 곤란하다고 판단하여 철수를 결정했는데 모함의 정박지인 작약도로 회항하면서 다시 강화부에 있던 다수의 무기와 금은괴, 귀중한 도서 수천 권을 노획했다. 그 중 일부가 현재 프랑스 국립도서관에 보관되어 있음이 최근에 밝혀졌다.

로즈 제독의 조선정복계획은 그의 호언에도 불구하고 실패했는데 그 원인으로는 첫째, 정족산성의 패전으로 원정군은 조선병사가 만만찮은 전력을 보유하고 있음을 알게 되었고, 또 160여명의 특공대로써 공격을 개시하면서 조선 병사를 과소평가했고, 둘째, 대원군이 집권하면서 양이의 침략에는 적극적으로 군민이 대처하여 무력대결이 본격화되어 조선 측 반응이 대항적으로 나왔고 셋째, 동기가 임박하여 한강이 결빙되면 이동이 곤란하다는 점이다. 이들이 철수했으나 대원군은 프랑스 원정군을 격퇴했다하여 전국에 척화비를 세워 양이를 막도록 조치했음은 우리가 이미 잘 알고 있는 바와 같다.

또 그는 이들의 재침이 있을 것으로 판단하여 해안방비를 더욱 철저히 하는 국방책을 세우는 한편, 대포가 달린 기선의 제작에 착수하여 해방사상을 고취하기 시작했다.

(2) 미국 아시아 함대의 조선 원정

로저스 2세 미해군 소장(John Rodgers, the Younger〈1812~1882〉)이 이끄는 미국 아시아 함대가 수행할 조선 원정의 기본목적은 1866년(고종 3년) 대동강에서 평양성민에 의하여 전원 살해된 제너럴 셔먼 호 사건에 대한 군사적 응징의 목적이었다.

그러면 여기에서 우리는 제너럴 셔먼 호 사건과 미국 아시아 함대가 조선원정을 계획하게 된 배경을 살필 필요가 있겠다. 미국 상선 제너럴 셔먼 호는 W.B. 프레스턴(W.B. Preston)의 소유 스쿠너(schooner)선으로 중국 티안진(天津)에 기항했다가 티안진 주재 영국회사 매도우 앤 컴퍼니(Meadows & Company)에 기간용선 (Time Charter)된 상선이다. 이 상선은 선장 페이지(Page), 1항사 윌슨(Wilson) 등 미국인 3명과 영구인 화물감독 호가드(Hogarth), 영국인 목사 토마스(R.J. Thomas)가 통역으로 동승하여 총 24명의 인원으로 구성되어 있었는데, 국가별 인원구성을 보면, 미국인 3명, 영국인 2명, 중국인 2명, 말레이시아인 15명, 기타 흑인 2명이었다.[45] 여기에서 흑인 2명의 출신에 대하여 확인할 수는

---

45) 승무원 수에 대해서는 20~21명 설, 23명 설 등이 있으나 E.M.Cable의

없으나 조선 측의 기록에 의하여 "곁에 있는 두 사람의 얼굴은 마치 옻칠한 것처럼 검고, 그들의 눈은 험악한 짐승의 눈처럼 무서워 보였다"[46]고 기록되어 있어 흑인 2명의 탑승은 확실하다. 이들 흑인 2명은 하위직 승무원으로 탑승된 것으로 보인다.

제너럴 셔먼 호는 티안진에서 조선과 교역할 화물인 의류, 유리그릇, 양철과 같은 잡화류를 선적하고, 7월 29일 얀타이(옛 지명 芝罘)에 도착하여 통역을 담당할 개신교 선교사 토마스 목사를 승선시켜 8월 9일 조선을 향해 출항했다. 그는 1863년 중국 상해에 와서 중국 포교의 임무를 수행하던 중 조선인과 접촉하면서 조선 사정에 관한 정보를 들었고, 조선어까지 습득하게 되어 기회가 되면 조선에서 선교 사업을 전개할 희망을 가지고 있었다. 그러던 차에 제너럴 셔먼 호가 조선행을 결행하게 되자 통역으로 발탁되어 참가하게 된 것이다. 그의 조선어 수준은 어느 정도 회화까지 가능한 실력으로 단어 실력은 물론, 표준어까지 구사할 수 있었다고 전한다.[47]

1866년 조선에서 배외감정이 심각했던 해로, 당시 중국에 거주하고 있던 많은 서양인들이 그의 조선행을 만류했으나 그

The United States-Korea Relations, 1866-1871에 의거하면 24명 설이 가장 신빙성이 있는 것으로 추정된다.

46) 일성록 고종3년 병인7월15일조 「…在榜二人 貌似塗漆 眼如惡獸……」

47) M.W.OH, "The Two Visits of Rev. R.J.Thomas to Korea," Transactions of the Korea Branch of the Royal Asiatic Society, 22(1993), pp.102~104.

는 어떠한 고난과 위험이 있더라도 조선에 가서 조선인들에게 복음을 전파하고자 이 선박에 동승하게 된 것이다.[48]

제너럴 셔먼 호의 조선해역에서 첫 기항지는 백령도 두모진이었다. 조선측 기록에 이 이양선에 관한 기록은 8월 19일(음 7월 10일)부터 나오기 시작하는데, 이양선이 내양에 출몰하자 황해도, 평안도해안의 해안방비를 엄격히 하도록 지시하였고, 수상한 자가 발견되면 체포하여 참수하라는 조치가 평안도병사 이용상이 내렸다.

이때에 나타난 선박은 제너럴 셔먼 호 외에도 작은 보트로 보이는 자선이 5척 더 있었는데 제너럴 셔먼 호가 황주목 앞바다에 들어오자 지방관이 본선에 승선하여 본즉, 선원 일부가 무장을 하고 있었고, 모양은 병선처럼 보였다.[49] 이 상선의 규모는 길이가 55m(180feet), 너비가 15m(50feet), 높이가 9m(30feet) 정도의 이범선으로 조선과 교역을 희망한다고는 하나 본선을 방문하여 본 문정관에게는 서양군함으로 밖에 보이지 않았다. 이 배가 다시 대동강으로 거슬러 올라오자 강 양쪽에는 괴물과 같이 큰 이양선을 보고자 구경꾼이 약 2000여명이 운집했고, 조선 측 기록에는 배가 하도 커서 돌아 볼 수 없으며, 경강의 조운선보다 훨씬 크다고 기록하고 있다.[50]

48) 전계서, pp.113~114.
49) 고종순종실록(상), 병인7월15일조
50) 전계, 실록(상), p.225.

이 제너럴 셔먼 호가 요구하는 통상은 조선이 철저히 금하는 사항이며, 토마스 목사가 기도했던 기독교 전도계획도 이미 천주교도의 탄압정책으로 불가능한 계획이나 이들은 계속 대동강을 거슬러 올라오며 위협적인 태도를 보여 왔다.

문제는 조선 측의 인식이 표면적으로 통상을 요구하고 있으나 이 이양선은 프랑스 선교사의 처형과 관련하여 온 프랑스 군함으로 오인한 점이다. 때마침 8월 장마철로 강의 수위가 계속 높아짐에 본선은 더욱 깊숙이 진입하여 평양성 앞에까지 진입하였고, 이배에 접근을 하던 평안순영 중군(中軍) 이현익이 제너럴 셔먼 호 선원들에게 납치되는 사건이 발생하자 운집해있던 조선인들이 흥분하기 시작했다.

8월 31일(음 7월 22일)에는 제너럴 셔먼 호가 대포와 소총의 위력을 믿고 양곡과 물자의 약탈이 시작되자 쌍방 간에는 총격전이 벌어졌고, 조선 측 군민 중에서 7명이 사망하고, 5명의 부상자가 발생했다. 이러한 이양선의 대동강 침입사건을 보고 받은 대원군은 이 이양선이 법국(法國)의 천주교 신부를 살해한 사건에 연유하여 온 보복으로 판단하고 "만약 즉각 물러가지 않으면 몰살시키라"는 명령을 평양감사 박규수에게 긴급 하달했다.[51]

계속되는 평양성 군민들과의 교전으로 제너럴 셔먼 호는 실

---

51) M.W. OH, 전게서, p.120.

탄이 다 떨어졌고, 대동강의 수위가 낮아지자 배는 모래톱에 걸리어 운항이 어렵게 되었다. 평양감사 박규수의 명령에 따라 조선 군민들은 9월 4일(음 7월 26일) 평저선 2척을 한 대묶어 거기에 타기 쉬운 마른 나무를 잔뜩 적재한 뒤에 유황과 초석을 뿌려, 양쪽에 화약을 장전하고 도화선을 달아 다음날 시계가 짙은 안개로 가려진 틈을 탄서 도화선에 불을 붙여 화염에 싸인 나무더미 배를 제너럴 셔먼 호에 접근시켜 연소시키고 말았다. 대부분의 선원은 강물에 뛰어 들어 익사했고, 살아남아 강변으로 나온 토마스 목사와 중국인 1명도 흥분한 조선 군민에 의해 타살되고 말았다.

제너럴 셔먼 호의 대동강 침입사건은 이렇게 처참한 학살로 끝나고 말았으나 이 사건은 1871년 미국 아시아 함대가 조선 원정을 단행하게 된 직접요인이 되었다. 불에 타버린 제너럴 셔먼 호에서 건진 무기류와 비품은 수거해서 평안감영 무기고에 보관했고, 이 사건을 계기로 대원군은 더욱 해방책에 몰두하게 되었다.[52]

그러면 제너럴 셔먼 호가 이렇게 비극적인 최후를 맞게 된

---

52) 박제형이 쓴 『근세조선정감』에 이 제너럴 셔먼 호를 한강까지 예인하여 대원군의 포함 제작에 이용했다는 기록은 선박의 예인술이 전무했던 상시의 상황을 미루어 보건데 신빙성이 없다. 다만 이 사건이 대원군의 해방책을 수립하는 데 지대한 영향을 미쳤다는 뜻으로 해석함이 타당하겠다.

원인은 무엇일까? 물론 금단의 나라에 무단으로 들어온 것 자체가 조선으로서는 허용되지 않는 일이긴 하나, 이들의 적대적 행위(hostile demonstration)가 없었다면 이렇듯 처참한 최후를 보지는 않았을 것이다.

첫째, 제너럴 셔먼 호가 조선행을 기도한 시기가 병인사옥 직후인지라 프랑스인에 대한 적개심이 고조되어 있던 때로 서양인이면 모두 프랑스인으로 오인되었다는 점이다. 이 병인사옥 직후 조선에는 프랑스 군함이 보복차 침입할 것이라는 소문이 널리 퍼져있었고, 대동강에서 조선측 문정관이 본선에 승선했을 때 토마스 목사는 "왜 프랑스 선교사를 살해했는가?"하는 책문으로 이들이 통상을 요구하고 있는데서 프랑스 선교사 처단문제와 연계가 있는 이양선으로 오인하게 된 것이다.

둘째, 이들은 막강한 화력을 보유하고 있어 이를 배경으로 약탈행위를 스스로 자행했으므로 분명치 않은 목적으로 나타난 이양선이 해적선이 아닌가 하는 의구심이 조선 관민에게 팽배했다는 점이다. 이들이 조선 관헌에게 식량과 부식류의 공급을 요청하자 두 차례에 거쳐 보급한 점으로 보아 약탈 행위만 없었다면 해적선으로 오인 받지 않았을 것이다. 사실, 중국 해적선이 조선의 서해안에 자주 출몰하여 양민을 학살하고 약탈 행위를 자행해온 바가 많았으며, 선원 중에 중국인이 있었고 이들은 모두 무장을 하고 있어 조선관헌은 중국 해적단으로 간

주하게 된 것이다.[53]

셋째, 이 이양선이 대동강에서 좌초되자 전 선원이 배의 좌초를 복원하고자 하선하여 강변에서 작업을 하고 있을 때 많은 조선군민이 이를 구경차 운집했다. 이 때 선원들은 작업방해가 되어 공포 1발을 발사, 운집한 군중을 쫓아 버렸는데 이것이 조선 측에 적대행위로 받아들여졌다. 이와 같은 점은 1884년 한미통상조약이 체결된 뒤에 서울 영사관에 부임했던 미국 해군 버나든(J.A. Bernadon) 중위가 직접 평양을 방문하여 조사한 기록에 따르면 조선군민이 제너럴 셔먼 호에 접근한 것은 이양선에 호기심이었다고 보고하고 승무원들은 이와 같은 군중의 운집을 적대적 행위로 생각하여 공포를 쏘아 격퇴시켰다고 쓰고 있다.[54]

여기에서 우리는 상호간의 몰이해와 오인이 비극의 직접적 동기가 되었음을 알 수 있다. 즉 이 제너럴 셔먼호가 무역선이긴 하나 중무장한 군함과 다를 바 없고, 조난사고가 있기까지 두 차례에 걸친 조선 측의 보급이 있었으므로 적대적 무력행위만 없었더라면 전원 살해되는 비극까지는 가지 않았을 것으로 추정된다.

---

53) Robert R. Swartout, Jr., The Background and Development of the 1871 Korean-American Incident, M.A. Thesis, Portland State Univ., 1974, p.117.
54) Willian Griffis, 『은자의 나라 한국』, p.395.

제너럴 셔먼 호의 참사소식을 제일 처음 알게 된 서양 사람은 리델(Fellix-Clair Ridel) 신부였다. 그는 1866년 9월 제 1차 프랑스 해군의 조선원정시 통역으로 쁘리마게 호를 타고 강화도에 갔을 때 조선인 천주교도 송운오를 만나 국적을 알 수 없는 이양선이 대동강에서 불에 타 소각되고 승무원 전원이 죽었다는 소식을 접한 것이다. 이러한 소식은 프랑스 1차 원정군이 10월 3일 얀타이에 귀환하자 중국에 알려졌는데 10월 17일자 매도우 상사의 얀타이 지사의 워드맨(Wadman)은 "제너럴 셔먼 호가 조선에서 실종되었으며, 승무원 전원은 살해되고 선체는 소실되었다"고 보고한 것이다.

이 소식이 미국 측에 알려지자 1867년 1월 21일 전함 워슈셋(Wachusett) 호가 함장 슈펠트(Robert W. Shufeldt)의 지휘로 조선에 파견되었다. 선원 39명을 대동하고 황해도 장연에 나타난 워슈셋 호는 장연 목동포에 상륙하여 섬주민으로부터 대동강에서 불에 타 격파된 상선이 제너럴 셔먼 호인 것을 확인하고 승무원 전원도 살해되었음을 알게 되었다. 이들은 배를 불사르고 선원 전원을 살해한 야만적 행위를 규탄하는 한편, 생존자가 있으면 인도해 줄 것을 요청하는 서신을 지방관아에 전달했으나, 식량이 떨어져가고 겨울철 바다가 결빙될 염려가 있자 조선 측의 회신을 받지 못한 채 중국으로 돌아갔다.

두 번째로 제너럴 셔먼 호 사건으로 조선에 파견된 미국 군

함은 로원(Rowan) 제독 휘하의 미국군함 쉐난도어(Shenandoah) 호
로 페비거(John C. Febiger) 해군 대령에게 이 임무가 부여되었다.
그는 슈펠트 제독의 회신을 받기 위하여 1867년 4월 13일(음 3월
21일) 황해도 허사진에 도착했다. 미국 해군군함 쉐난도어 호는
전장이 40발(68m)에 선폭이 10발(17m)에 달하는 거함이며, 대포
가 9문이 장치된 코르벳型 군함으로 승무원 약 230여명의 막
강한 군사력을 가진 기함이다.[55]

미국의 아시아 함대의 장병들

이 배에 승선한 장연 지방관에게 전년도 미국상선이 대동강
에 왔다가 배가 불타서 없어지고 선원 전원이 살해된 사건을
문책하기 위해 파견된 워슈셋 함장은 슈펠트 제독의 서한에 대
한 조선 측의 답신을 받기 위해 왔다고 하면서 조선국의 국왕

55) 고종순종실록(상), p.285.

은 대표를 파견해서 본 사건의 해결을 위한 협상에 응해주길
바란다는 편지를 보냈다.

　쉐난도어 호의 페비거 함장은 4월 15일(음 3월 23일) 청남수군
방어사 이기조와 문정을 주고받았는데 상호간의 연락방법은
해안에 장대 꼭대기에 편지를 꽂아두고 서로 간에 찾아가고 다
시 꽂아두는 방법으로 통교했다. 이는 조선 측에서 이양선의
내조목적을 군사적 응징으로 보고 직접 면담을 적극 회피했기
때문이다.

　조선 측은 이 장대 통교문에서 지난번 대동강에서 파괴되고
선원이 전원 살해된 것은 이들이 통상을 허락하지 않으면 전쟁
을 불사하겠다고 협박을 했으며 승무원들의 난폭한 행동으로
화를 자초한 것이라 항변했다.

　이 회신을 접수한 쉐난도어 호는 중국으로 귀환하여 중국주
재 미국 대리공사 윌리엄스(Williams)에게 '제너럴 셔먼 호의 생
존자는 없으며 그들은 조선인에게 성급하고 난폭한 행동을 도
발해서 이와 같은 불행한 결과를 초래한 것으로 보인다.'[56]고
보고했다.

　이러한 보고에 접한 미국 국무장관 시워드(Seward)는 조선과
미국 간의 분쟁문제를 청국이나 일본을 통하여 외교교섭으로

---

56) United States Diplomatic Correspondence, S.Wells Williams to
　William M. Seward, Peking, July 31st, 1868, Appended in USKR,
　pp.41~42.

해결해보도록 시도했으나, 조선 측은 이미 전국에 척화비를 세워놓고 서양 오랑캐라면 모두 적대행위를 각오하던 때인 만큼 실효를 거두지 못했다.

이미 앞에서도 언급한 바와 같이 1866년은 대원군이 집권한 지 3년째 되는 해로 10차례에 걸쳐 조선 해역에 이양선이 나타나 조선에서의 배외감정이 고조되어 있던 해였고, 또 대원군은 강력한 왕권을 행사하던 때로 미국이 청국이나 일본을 통한 우회적 접근 방법은 실효를 거두기에 불가함을 인식하게 되었다. 그럼에도 불구하고 미국이 대조선 개항교섭을 기도하게 된 배경은 제너럴 셔먼 호에 대한 손해배상의 청구와 차후 미국 선박이 조선 해역에서 조난되었을 경우 선원들의 안전한 구호조치를 받아 미국인의 생명과 재산을 최대한 보장받자는 의도와 조선과 무역 통상을 체결하여 일본과 중국을 왕래하는 선박의 교통로를 확보하자는 데 그 목적이 있었다. 그러나 이러한 미국 측의 의도를 전혀 알 수 없는 조선 측은 미국도 영토의 야심을 가진 서양 오랑캐로 밖에 인식하지 못했다.

1869년 남북전쟁의 명장 그랜트(Ulysses Grant) 장군이 대통령으로 당선되어 미국의 대외정책은 새로운 변모를 보이기 시작했고, 이 대회정책은 국무장관 피쉬(Hamilton Fish, 1808~1893)에 의하여 수행되었다.

미국은 이제까지 청국주재 로우(F.F. Low, 1828~1894) 공사를 통해서 조선 개국을 추진했으나 청국의 소극적인 태도로 보아 불가하다고 판단하여 군사적 응징을 통해 그 목적을 달성하고자 했다. 이미 미국은 페리 제독의 함대로 일본을 강제적으로 개항시킨 바 있어 무력이라는 수단이 동아시아 국가를 굴복시키는 데 가장 편리한 방법임을 경험한 바 있다.

이 미국의 조선원정 책임을 맡은 것이 미국 해군 아시아함대 사령관 로저스(John Rodgers, the Younger, 1812~1882) 해군 소장이다. 그는 해군사관생도 시절에 이미 컨스털레이션(Constellation) 호와 콘코드(Concord) 호에 승선하여 지중해를 순항한 바 있었으며, 미국 브라질 함대의 돌핀(Dolphine) 호에 승선하여 해안탐사의 경력을 쌓았고, 1846~1848년 3년간 지중해연안 근무를 경험했다. 또 남북전쟁기간 중에는 미시시피함대(Mississippi Squadron) 사령관으로 혁혁한 무공을 세워 해군 준장으로 진급한 제독이다. 그는 가정적으로도 미국해군의 전통적 가문 출신으로 그의 아버지 로저스(John Rodegers)도 해군제독 출신이다.

그는 1869년 해군소장으로 진급되자 미국 아시아함대 사령관에 임명되어 조선 원정의 임무를 전임 로완(Rowan) 제독으로부터 인계 받았다. 그는 선배인 페리 제독의 1854년 일본에 대한 포함외교(Gunboat Diplomacy)의 위력을 충실히 믿는 군인일 뿐이다. 로저스 제독은 1871년 5월초까지 휘하의 전 함정을 일본 나가사끼항에 집결하라는 명령을 내리고 조선 원정의 준비에 착수했는데, 이 때 편성된 함대의 규모는 다음과 같다.

U.S. Ship	Class Built	Length	N/T	Crew	Guns
Colorado(flag ship)	frigate 1856	263ft	3425	646명	44문
Alaska(함장 : H.C.Blake)	sloop 1868	250	2400	273	8
Benicia(함장 : L.A. Kimberly)	sloop 1868	250	2400	291	14
Monocacy(함장 : E.P.Mc Crea)	gunboat 1865	265	1370	159	6
Palos	gunboat 1865	137	420	(미상)	6

아시아 함대의 기함 콜로라도 호(1856년 건조)
전장: 79m, 배수톤수 3425톤, 스크류 프리깃 증기선

　1871년 5월 16일 미국 아시아함대 조선원정 선단은 일본 나가사끼항을 출항하여 3일 후인 5월 19일 충청도 해미해안에 도착한 후, 5월 21일에는 남양만 풍도 부근에 도착하여 위협사격으로 대포 1발을 발사했다. 이 이양선 5척을 처음 목격한 수원유수 신석희는 이 사실을 긴급 중앙에 보고하는 한편, 휘하의 장병들에게 이양선을 엄중히 감시하도록 지시했다.

5월 23일 아산만 입파도에 정박한 아시아함대는 그 다음날부터 강화도에 이르는 해로탐사에 착수했고, 이 임무는 원정군 지휘관인 블레이크(H.C.Blake) 해군 중령에게 맡겨졌다. 그는 팔로스 호와 4척의 주정으로 해안을 탐사하면서 서서히 북상, 5월 26일에는 작약도에 도착했다. 탐험대가 해안에 나타나자 섬 군민들은 함성을 지르며 활과 구식 화승총으로 대항했으나 이들이 상륙을 강행하자 모두 산으로 도망치고 말았다. 블레이크의 조사보고에 따라 로저스 제독의 아시아함대는 작약도 근해가 함대의 정박지로 가장 적당하다고 판단하여 5월 20일 오후 6시경 이곳으로 이동하고 정박했다.

작약도 근해에 정박한 아시아함대 장병 약간은 소형정을 타고 해안에 접근하여 조선인들과 접촉하면서 놋쇠단추나 유리병 같은 것을 나누어 주면서 이들과 우호적인 제스추어를 보였는데 이중 조선인들이 가장 귀하게 여기는 것이 유리병이었다.[57] 이 함대에 승선하고 있던 미해병 대위 틸튼(Melane Tilton)은 자기 아내에게 보내는 편지에 조선에 대한 인상을 다음과 같이 적고 있다.

"이 나라는 아름다운 언덕과 계곡으로 가득 차 있고, 각

---

57) Albert Castle and Andrew C. Nahm, "Our Little War with the Heathen," American Heritage, XIX(Apr. 1968) p.22.

종 곡식을 재배하고 있소. 모두가 아름답고 푸르르며, 조
그만 초가 지붕을 한 촌락이 산밑 깊숙이 아늑하게 자리잡
고 있으며, 그 주위에 소나무와 각종 상록수로 둘러 싸여
있소."

  이렇게 조선의 자연풍광은 아름답게 비쳤으나, 아시아함대
에서 본 조선의 생활상은 빈곤한 나라로 보였다. 몇 차례의 조
선측 문정이 있는 가운데 조선인 4명이 기함 콜로라도(Colorado)
호에서 찍은 사진이 미국국립문서 보관소(The National Archives)에
소장되어 있는데 우리의 흥미를 끈다. 즉 승선한 조선인들에게
선내를 두루 구경시켜주면서 에일 맥주까지 대접을 했는데, 사
진 속에 조선인은 미국신문 에브리 새터데이(Every Saturday)지 한
장을 걸치고 서양문물의 상징인 맥주병을 한 아름 안고 있으며
손에는 유교 문명의 상징인 긴 담뱃대를 들고 있다. 동서양 문
물이 서로 조우하는 진풍경이 연출된 사진이다.

1871년 5월 30일 기함 콜로라도 호를 방문한 조선 문정관의 사진.
상투에 긴 담뱃대를 들고 빈 맥주병과 Every Saturday 지를 안고 있는 흥미로운 모습

　1871년 6월1일 미국 아시아함대의 탐험대가 강화해협을 침입하자 해안에 배치된 조선 대포로부터 선제공격을 받아 손돌목 포격사건이 발생한다. 이 선제포격에 대한 보복응징조치로 6월 10일부터 12일까지 강화요새에는 대규모 상륙작전이 강행되어 이른바 한미간 전쟁이 발발하게 되는데, 조선측 기록에는 단순히 양요로만 기록되어 있는 이것이 이른바 〈신미양요〉라 불리워지고 있다.

신미양요에 대해서는 이미 국내외에서 많은 문헌과 연구가 발표된바 있어 여기에서 자세히 언급할 필요는 없을 것이다. 문제는 미국의 팽창주의정책의 하나로 나타나기 시작한 동양에 대한 포함외교정책이 조선에 어떠한 영향을 미쳤으며 조선은 어떻게 대응해 왔는가하는 점이 우리의 관심이 아닐 수 없다.

원정함대 사령관 로저스 제독은 말할 것도 없고 이 원정대에 참가한 미해군, 해병대는 남북전쟁을 겪은 용사로 구성되어 있었으며[58] 1866년 프랑스원정군보다 더욱 강력한 화력을 지닌 미국이 자랑하는 정예함대다.

이 전쟁에 참전했던 몇몇 미국인은 참전기를 쓴 바 있어,[59] 이 때의 상황이 자세히 전해지고 있으며 뉴욕 헤럴드(New York Herald) 지는 아시아함대가 조선 원정을 마치고 중국으로 귀환한지 한 달 후인 8月에 이 전쟁을 〈이교도국과의 작은 전쟁(Our Little War With the Heathen)〉이라는 표제를 붙여 기사화했다.

한미간의 최초의 전투는 이미 역사교과서에 조선측의 참해로 기록되어 누구나 알고 있는 사실이지만, 조선측의 피해는 엄청난 것이었다. 미국은 포함의 위력으로 철저의 강화요새를

---

58) William Griffis, 『은자의 나라 한국』, p.381.
59) 미국 해군제독 Schley 해군소장은 그의 회고록(Rear Admiral Schley on the Little War of 1871)을 발표한 것을 비롯하여, 1886년 미국 월간지 Overland Monthly에는 「조선해역에서의 작은 전투-한 해군장교의 이야기(Our Little Battle in Corean Waters, A Naval Officer's Story)」에서 한 참전 장교의 체험담을 수록하고 있다.

초토화 시켰다. 이 당시 강화요새의 철저한 참상은 사진에서 보는 바와 같이 많은 조선측의 피해를 가져왔으나 미군측 피해 는 전사 3명, 부상차 12명인 경미한 것이었다. 조선측은 443명 의 전사자를 내었다고 기록은 전하나[60] 부상자의 수는 알 길이 없다. 이렇게 조선측의 일방적 패배로 끝나게 된 이유로는 미 국 해군 정예 해병대가 상륙작전을 감행했고, 막강한 화력에 전술적으로 우세한 전력을 보유하고 있어 1866년 프랑스원정 대와는 비교가 안되는 군사력을 보유하고 있는 반면에, 조선측 은 구식화기로 멀리 떨어져 있는 미국군함을 사정권에 맞출 수 없었기 때문이다. 그러나 미해병대의 상륙전에 대항하여 싸운 조선 병사의 용감한 투쟁은 미국측 기록에 소개되어 있어 이 당시의 상황을 엿볼 수가 있다. 이 당시의 광성보전투 상황을 쉴리(Schley) 제독은 그의 회고록에서 다음과 같이 쓰고 있다.

"광성보를 함락하는데 미군의 작전은 힘겨운 것이었다. 이곳은 강화도 요새에서 가장 요충지이기 때문에 조선 수 비병들은 결사적으로 싸웠다. 더구나 이곳에는 조선이 호 랑이 사냥꾼(tiger hunters)이 있었는데, 만약 이들이 적을 두 려워해서 도망을 치게 되면 백성들에게 죽음을 당하기 때 문에 퇴각을 모르고 달려들었다.… 미군들은 함성을 지르

---

60) 이선근,『한국사, 최근세편』, 진단학회, 1972, p.304.

며 돌격해 들어갔다. 탄환이 빗발치듯 머리위로 쏟아졌으나 미군들은 재빨리 성벽위로 기어 올라갔다. 조선군은 반격을 하기 위해 장진할 시간 여유도 없었다. 그들은 돌을 던지며 미군에 대항했으며, 창과 칼로 미군의 공격을 저지하려 했고, 대부분은 무기도 없이 맨주먹으로 싸웠다. 모래를 뿌려 미군 돌격대에 대항해 끝까지 항전했으며, 수십 명이 탄환에 맞아 강물 속에 떨어졌다. 부상자의 대부분도 바다에 빠져 익사했으며, 어떤 자는 목을 찔러 자살하거나 스스로 강물에 뛰어 들기도 했다."[61]

이 전투에 참전한 조선척의 화력은 무기라기 보다는 골동품과 같은 것으로 장비면에서 상대가 되지는 못했으나, 조선측 병사의 항전은 매우 용감했고, 프랑스 로즈 제독의 조선 원정 이후 대원군에 의하여 추진된 각종 해방책이 실제로 사용된 전투였는데, 근세조선정감에 의하면 대원군이 병인양요 이후에 채택한 신병기와 해방책은 다음과 같다.

'조선은 국법으로 환술이나 차력술은 금지해 왔으나 국내에 널리 포고하여 무릇 한 가지 기예를 가진 자가 비록

---

61) E.M. Cable, "The United States-Korean Relations, 1866~1871," Transactions of the Korea Branch of the Royal Asiatic Society, 28(1938), p.96.

차력을 했다할지라도 부국강병을 위해 자격을 구애 받지 않고 인재로 등용했다. 이러한 케이스로 등용된 사람이 한 성은, 윤웅열이며, 기계기술자로 등용된 사람이 군함 제작에 참여한 김기두(뒤에 상세히 언급하고자 함), 강윤이었다.

또한 대원군은 이양선의 침입을 막을 수 있는 계책을 널리 모집했는데 날마다 각가지 방책을 가지고 운현궁으로 모여 온 무리가 문전성시를 이루었다. 면포에 솜을 열세 겹으로 넣어 방탄조끼를 만들었고, 등나무 넝쿨로 투구를 만들어 오늘날 포군의 철모 대신으로 착용하게 하고, 학익조비선(鶴翼造飛船)이라 하여 학의 깃을 엮어서 배를 만들면 포탄을 맞아도 선체가 가벼우므로 배가 후진만할 뿐 부서지지 않는다하여 사냥꾼을 풀어서 학을 사냥하기도 했다.[62]

1871년 6월 11일 미군의 광성보 함락 직후 조선군의 시체가 널려져 있는 처참한 모습

62) 박제형, 「근세조선정감(상)」, pp.74~75.

이와 같은 웃지 못할 희극이 미국 아시아 함대와의 교전에 실제로 사용된다는 것이 미국측 기록에 보인다. 이에 의하면 조선군 병사들은 대개가 솜을 두껍게 놓은 전투복을 입고 전투를 했는데, 이는 방탄용 갑옷으로 보인다고 했다. 솜 아홉 겹을 놓은 갑옷(cotton armor nine layer thick)을 입고 그 무더운 날씨에 미국 육전대와 대항하여 싸웠는데 이 방탄 갑옷이 방탄의 효과가 없었을 뿐만 아니라 행동이 둔화되어 오히려 조선군의 희생자만 더 많게 했다[63]고 쓰고 있다.

한편 대원군이 해방책의 하나로 김기두로 하여금 제작한 포함과 수뢰포도 실전이 있기 3년전인 1868년 강화도에 배치한 바 있으나 미국측 기록에 이 군함에 대한 언급이 없는 것으로 보아 로저스제독의 아시아함대가 이를 포함으로 상상도 하지 않았던 것이 아닐지 모르겠다. 설사 김기두가 제작한 포함이 막강한 아시아함대에 대항포를 쏘았다 해도 그것은 장난감 놀이에 불과했기 때문에 무시했을 것이 아닌지. 그렇지 않다면 서양포함의 위력에 놀라 아예 응전조차 하지 못하고 배를 버리고 육지로 도망치고 말았을 것이 아닐지? 하여간 대원군이 군비확충의 하나로 계획한 해방책이 이 한미간 전투에 사용되었다는 점이 자주국방의 관점에서 보면 흥미로운 역사의 한 장면이다.

---

63) Castle and Nahm, 전게논문, p.73.

이 강화도 요새에 배치된 조선군 병사수는 약 3000명이었다
고 미국측 기록은 밝히고 있으나,[64] 자세한 숫자는 알 수가 없
고, 각도에서 차출한 사냥군, 특히 평안도의 유명한 범사냥군
을 동원해서 강화도에 배치한 것은 잘 알려진 사실이다.

강화도에서의 한미간 전투는 미국 원정함대의 일방적 승리
로 끝났다. 이 전쟁에 참전했던 당시 미해군소령 쉴리는「성조
기 아래에서 45년간(Forty-Five Years Under the Flag)」라는 회고록에서
다음과 같은 조선병사의 용감성을 찬양하고 있다.

"조선군 병사들은 단 한 자루의 근대식 총도 보유하지
못했다. 조선군은 징갈(Jingalls) 총이나 노후한 전근대식 무
기를 가지고 근대적인 미군 총포와 대항해 싸웠다. 조선군
은 결사적으로 장렬하게 싸웠으며, 아무런 두려움 없이 그
들의 진지를 사수하다가 죽어갔다. 가족과 국가를 위하여
이보다 더 장렬하게 싸운 국민을 다시 찾아볼 수 없다."[65]

상륙 육전대는 강화도에서의 48시간동안 조선군의 군사시

---

64) William M. Leary, "Our Other War in Korea", United Sates Naval
    Proceedings, 94(June 1968) p.49; William Griffis, 『은자의 나라 한국』,
    p.417.
65) W.S. Schley, 『Forty-Five Years Under the Flag』, D. Appleton and Co.,
    1904, p.95.

설을 모조리 파괴한 후 철수하여 작약도 기지로 귀환했고, 원정군사령관 로저스 제독은 미국 아시아함대의 조선 응징 목적이 달성됐다고 판단하였으며, 이 전쟁으로 조선측이 무력에 굴복하고 협상에 응해줄 것을 기대했으나 조선측의 문호는 더욱 폐쇄되어만 갔다.

한미전쟁이 끝난 후 격전이 벌어졌던 광성보 지휘본부(札住所)는 완전히 폐허가 되었으며, 무너진 흙더미 속에서 중군 어재연, 그의 동생 재순, 군관 이현학, 임지팽, 김현경, 광성별장 박치성 시체가 나왔고 그 외에 신원을 알수 없는 시체가 즐비하였는데 당시의 처참한 전투결과가 실록에도 기록되어 있다.

조선 조정은 이들 전사자에게 보상을 내렸는데 어재연에게는 병조판서지삼군부사로 특증하고 그의 동생 재순에게는 사조참의, 어영초관 유풍노에게는 좌승지, 이현학에게는 삼품직을 추서하는 한편, 기타 전사자를 후히 장례케 했다.[66]

로우 공사와 로저스 제독의 무력행사는 조선을 군사적 응징을 부분적으로 이루었으나 일본처럼 개항을 시키지는 못했을 뿐만 아니라 문호개방의 길을 더욱 어렵게 만들었고, 양이를 물리쳐야한다는 대원군의 쇄국정치만 가중시켰다. 뿐만 아니라 이 이양선의 내침에는 천주교신자들과의 내통이 있었다고 판단하고 더욱 천주교 탄압책을 강화했다. 또 척화비를 해

---

66) 고종순종실록(상), 고종8년 신미4월28일조.

안 곳곳에 세워 서양 오랑캐를 막아야 국가를 보존할 수 있다고 선전했다.

그러면 기국의 정예함대인 아시아함대가 조선 원정에서 보여준 결과는 무엇인가? 막강한 포함외교를 강행하여 일본을 굴복시킨 바 있는 미국이 조선 원정에서 강화요새를 초토화시키기는 했으나 조선 조정의 굴복은 받지 못한 채 귀환했으니 승자가 없는 전쟁이 되고 말았다. 이는 미국해군의 전통적인 포함외교로 조선의 개항을 시도한 것이 미국정책의 실책이라고 지적되고 있다.[67] 반면에 조선은 1866년 프랑스원정군을 격퇴했다고 자만에 빠져 있다가 근대식 증기선에 막강한 화력을 보유하고 있는 미해군 정예함대의 무력을 실제로 겪었으며 대포가 달린 포함의 위력에 더욱 놀랄 수밖에 없었다.

로저스 함대가 물러가고 난 뒤에 이들의 재침이 있을 것으로 보아 대원군은 더욱 서해안 방비를 철저히 하는 한편 약 2000여명의 포군을 서해안 요새에 파견하여 국방에 전력했다. 이처럼 해안포대를 강화한 것은 포군강화만이 서양오랑캐를 무찌를 수 있는 첩경이며, 나라를 지킬 수 있는 최선의 길이라고 믿었기 때문이다. 이러한 해방책은 당시 조선사회가 국방책으로 쓸 수 있는 가장 최선의 방책이었다.

---

67) 김원모, 『근대한미교섭사』, 홍성사, 1979, p.363.

4) 기타의 목적으로 온 이양선들

(1) 오페르트의 조선 항해

이미 앞에서 언급한 조난의 피항의 목적, 해안탐사나 통상무역요구의 목적, 그리고 양요로 불리우는 두 차례의 서양 포함의 조선침공과 같은 군사적 목적으로 나타난 이양선들 외에도 해적행위나 다름없는 약탈의 목적으로 온 이양선도 있다. 그 대표적인 예가 함부르크출신의 유태계 독일상인 어니스트 오페르트(Ernest Oppert)다.

그는 3차에 걸쳐 서해안에 나타났는데 그의 목적은 한강입구를 찾아 서울까지 진입하여 조선 정부와 직접 담판을 통하여 무역통상을 하는 것이었으며[68] 이 무역의 관행도 공무역의 개념이 아니라 당시 동남아 각국에서 서양자본주의 상업이 자행하고 있던 약탈무역이었다.

오페르트의 제1차 조선 항해에는 당시 중국 상하이에 진출해 있던 영국상사(사장 J.Whittall) 소유 기선 로나(Rona) 호(선장 James Morrison)를 용선하여 1866년 3월 27일(음 2월 11일) 평신진 이도면 금전리 앞 조도 앞바다에 도착하여, 다음날인 28일 해미현 조금진 해역으로 옮겨 해미현감 김응집에게 조선과의 통상

---

68) Ernest Oppert, Ein Verschlossenes Land, Reisen nach Korea, 한우근 역,『조선기행』, 일조각, 서울, 1974, pp.128~136.

교역을 요구했다.

그는 일본 나가사끼에서 서방세계에 일반적으로 거의 알려지지 않은 조선이라는 신비한 나라가 있다는 소문을 듣고 일확천금을 꿈꾸고 있던 차에[69] 로나 호 선주 휘트홀(Whittall)을 만나 이 기선을 용선하여 제 1차 조선 항해를 기도했던 것이다. 그러나 이 1차 항해에서의 기본목적은 조선의 서해안을 탐사하고 서울로 진입할 수 있는 한강입구를 찾는 데 있어 다분히 사전 탐색의 목적이 농후하다.

그는 상하이를 출항하여 소흑산도 근해를 통과하여 북상, 덕적군도 남단을 경유하여 조도 앞바다에 투묘했다. 이 배가 해안에 나타나자 수많은 주민들이 급히 인근 야산으로 피신하는 것을 목격했고, 늙은 노인 한 사람만이 근심스러운 표정으로 남아 있다고 자기의 저서에 쓰고 있다.[70] 그는 모리슨 선장과 중국인 통역을 대동하고 상륙하여 이 노인과 만났는데 이때 적대행위가 없었음을 알게 된 피난주민들이 하산하여 호기심 어린 눈총으로 이 외방인들을 둘러쌌다. 그러나 이 섬마을에 중국어를 아는 사람이나 한문을 해독하는 사람이 없어 통교가 되지 못했고, 노인이 선물한 청어 20마리에 대한 답례로 빈병 몇

---

69) 전게서, p.129.
70) Ernest Oppert는 1800년 Leipzig에서 Ein Verschlossenes Land, Reisen nach Korea」를 출판했으며, 영역본 A Forbidden Land, Voyages to the Corea도 동시에 출판되었다.

개와 다른 조그마한 물건을 주었다고 한다. 서양 사람들에게는 큰 가치가 없는 빈병이지만 처음 보는 조선 사람들에게는 진귀품이 아닐 수 없다. 호기심으로 모두들 가지고 싶어 했으나 정작 이 물건이 무엇에 쓰는 것인지 몰랐다고 저서에 쓰고 있으며, 이렇게 미개한 나라라면 유태계 상인으로서도 일확천금을 쥘 수 있는 장사가 얼마든지 가능하다고 그는 생각했을 것이다.

당시 조선의 해안을 탐사한 해도가 제대로 없었고, 또 조선의 국내 사정이 외방에 잘 알려지지 않아 유익한 정보가 없어 그는 1차 항해에서 서울을 진입하는 한강 진입구를 찾는 데 실패했다. 또 해미현감 김응집을 만나 무역통상을 강요했지만 이러한 결정이 일개 지방관으로서 책임있는 답변을 할 수 있는 문제가 아니며, 더구나 조선은 철저히 외방세계와 통교가 금지되어 있다는 사실을 알지 못하고 있었다. 현감 김응집은 이 무례한 이양선이 말썽을 부리지 않고 조용히 물러가기만 바라는 뜻에서 우회적인 표현으로 이러한 문제는 중앙정부의 훈령이 있어야하나 회신을 받는 데는 4~6일 걸릴 것이라고 직접적인 답변을 피했다. 대원군의 섭정기인 이때 지방관이인 현감이 이양선이 무단으로 나타나 통상을 강요한 사실을 그대로 중앙정부에 보고했을 리가 없다. 따라서 오페르트의 제1차 조선 항해는 사전탐사가 기본 목적인 바 충분한 무장과 보급이 없는 상태에서 장기체류가 곤란하여 중국으로 귀환하면서 조선조정의 회답을 받기 위해 다시 오겠다며 떠나갔다.

오페르트가 1868년 8월 제2차 조선 항해 때 작성한 강화만 해도
로즈 제독의 프랑스 함대가 조선 원정 때 유용하게 쓰인 바 있다.

　오페르트의 제2차 조선 항해는 1차 때의 경험을 바탕으로 보
다 구체적으로 추진되었다. 그는 조선의 서해안이 암초와 사구
가 많고 간만의 차가 심한 해안으로 흘수가 낮은 선박이 필요
했다. 두 번째의 항해에는 250마력의 외륜쌍범 기선 엠페러 호
를 직접 구입하여 상하이를 떠나 1866년 8월 6일(음 6월 26일) 다
시 해미현 조금진 앞바다에 나타났는데, 이 배의 선장도 1차 항
해에 함께 왔던 제임스 모리슨(馬力勝)이다. 그는 자서 「조선기
행」에 이 2차 항해의 선장을 제임스라고만 쓰고 있어 본명을
고의적으로 숨기고 있다. 즉, 떳떳치 못한 조선항해였음을 간
접적으로 나타내고 있는 증거다. 엠페러 호는 영국적의 상선으
로 이범외륜형 기선이나 흘수가 7피트밖에 안되는 선박이며,

오페르트는 한강을 거슬러 올라가 서울까지 진입할 계획을 면밀히 세우고 이 기선을 구입한 것이다.

승무원은 선장 모리슨 외에 1항사 파커(Parker) 등 서양인 6명과 필리핀 선원, 중국인 상인, 통역 19명으로 총원은 25명이며, 무장으로는 9파운드 대포 1문, 상갑판에 기관포를 설치했으며, 개인화기로는 소총과 권총을 휴대하고 충분한 탄약을 확보하고 있었다.[71]

이들 일행은 영국인으로 행세하면서[72] 해미현감 김응집에게 지난 번 1차 방문 때의 조선 정부의 회답을 강요했다. 그러나 해미현감이 이 이양선의 무례한 요구를 중앙에 그대로 전했을 리가 없었으니 정부의 회답이 있을 수 없다. 이때에서야 그는 김응집이 무역통상에 대해 협조를 하는 척하면서 다만 조용히 물러가기만 기다리는 지연책을 쓰고 있음을 간파했다. 문제는 이 이양선이 두 번째로 해미현 조금진 앞바다에 도착한 다음날 지형 관측차 상륙한 선장 모리슨에게 조선 사람 하나가 은밀히 접근하여 프랑스 선교사 리델 주교(Bishop Ridel)의 편지를 가지고 온 것이다. 그는 천주교 포교차 조선에 밀입국한 프랑스 외방선교회소속 신부로 1866년 병인사옥 때 대원군의 탄압책으로 산 속에 숨어 있던 3명의 프랑스 선교사 중의 한 명이다. 그

71) 전게서, p.156.
72) 일성록, 고종3년 병인7월5일, 6일조.

는 로나 호가 서해안에 나타났다는 소식을 듣고 해미에까지 왔
는데 그때는 이미 배가 떠나고 난 뒤라 다시 올 것이라는 주민
들의 말에 따라 편지를 남겨 구조요청을 하고 다시 피신했다.
이 편지가 오페르트의 제2차 항해 때 전달된 것이다. 이 편지는
프랑스어로 쓰여져 있는데 그 내용은 다음과 같다.

　　"아뢰나이다. 조선의 섭정은 프랑스 사람 9명(사교2명, 신
부 7명)을 처형하였습니다. 우리 중의 세 사람은 지금 산 속
에 숨어 있습니다. 그러나 필시 오래 못가서 발견되어 체
포당할 것입니다. 정부는 서양 사람 전부에 대하여 복수를
맹세하고 있으며, 감히 이 나라에 발을 들여놓는 사람은
누구를 막론하고 다 죽이겠다고 위협하고 있습니다. 모든
기독교도(천주교도를 지칭함-필자)에 대한 참혹한 박해가 시작
되었습니다. 나는 외국 선박이 서해안에 와 있다는 소문을
들었습니다. 그리하여 나는 모든 것을 하나님께 맡기고 이
편지를 당신에게 보내어 우리들을 구조하여 주고, 또 우리
들의 재난에 관한 소식을 외방전도회의 부사교인 리보아
씨에게 전하여 달라는 긴급한 청을 당신에게 하여 보기로
하였습니다. 만일에 당신의 배가 우리를 당장에 구조하지
않고서 떠나가 버린다면 우리의 상태는 지금보다도 더 한
층 위험해질 것입니다. 섭정은 병력을 마음대로 배치하지

는 못합니다. 그리고 이 나라에서는 누구나 서양 사람들과의 사이에 전쟁이 일어나리라고 생각하고 있습니다. 나는 당신에게 우리의 불행에 동정하여 주시기를 또 한번 바랍니다. 그만 붓을 놓습니다.

전도회 선교사 신부 리델

이 때, 박해를 피해 피신해 있던 3명의 신부는 칼레(Calais), 페롱(Feron), 리델(Ridel)이었는데, 리델 신부는 로나 호가 떠나고 난 뒤에 서해안에 도착했으므로 만나지 못하고 대신 본선을 빌려 타고 11명의 신자들과 함께 밀출국 하여 7월7일 중국 얀타이에 도착, 티안진에 가서 프랑스함대 사령관 로즈 제독에게 최근 조선에서 일어난 천주교박해사태를 알려 프랑스함대의 조선 원정을 단행하게 된 직접적 요인이 되었다.

한편, 페롱과 칼레 신부는 이양선이 한강 입구에 나타났다는 소식을 듣고 강나루에 도착했으나 이미 배가 떠나고 난 뒤라 서해안에서 중국의 밀수선을 빌려 타고 10월 26일 얀타이에 도착했으므로[73] 오페르트의 제2차 조선 항해 때에는 모두 중국으로 피신하고 난 뒤였다.

리델 신부의 서신 내용에서 당시 조선 백성들 사이에는 천주교박해와 관련하여 서양의 이양선이 쳐들어와 전쟁이 일어날

73) William E. Griffis, 『은자의 나라 한국』, p.67~68.

것이라는 위기의식이 팽배해 있음을 알 수 있다. 사실 「황사영의 백서」 사건 때에도 서양의 기독교국가들이 6~7만명의 군대를 파병하여 조선을 정복하라고 호소하고 있었기 때문에[74] 천주교도의 순교 때마다 프랑스함대를 동원하여 조선을 응징하고 선교의 자유를 얻기 위한 요청은 계속되어 왔다. 따라서 이양선의 출현은 이 목적에 연유된 것으로 조선 사람들은 인식하고 있었던 때다. 더구나 1866년(고종 3년)에는 계속하여 조선해역에 이양선의 출몰이 잦았던 만큼 나타나는 모든 이양선은 하나같이 군사적 응징의 목적으로 온 군함으로 인식되어 이러한 전쟁위기 인식은 더욱 높아만 갔다.

김응집의 담판이 실효성이 없음을 알아차린 오페르트는 배를 돌려 강화도 근해에 접근하여 드디어 한강 입구를 찾아 해역의 자세한 해도를 작성하였는데 이 해도가 로즈 제독의 조선 원정에 긴요하게 쓰인 사실은 이미 알려진 사실이다.

그는 강화부에 나타나서 강화유수 김재헌에게도 통상을 강요하면서 거절하면 서울까지 가서 정부 고위관리와 직접 담판하겠다고 위협을 가했다. 강화유수의 대답도 현미현감의 이야기와 별 다른 것이 없었으며, 서울로 가는 것만은 말아달라고 오히려 애원했던 것이다. 이는 이양선이 강화 해역을 통과하여

---

74) Charles Dallet., Histoire De L'Eglise de Corree, Victor Palme, Paris, 1874, Vol.1, p.205.

한강을 거슬러 올라가게 되면 대원군으로부터 강화해역 경비 책임을 맡고 있는 김재헌에게 불호령이 떨어질 것임을 그는 잘 알고 있기 때문에 애원이라도 해서 엠페러 호의 한강 진출을 막아보자는 뜻이었다. 그러나 많은 자금을 투입하여 두 번씩이나 조선에 온 오페르트는 자기 목적을 위해서는 수단과 방법을 가리지 않는 인물이었다.

강화도에서의 통상교섭이 조선측의 지연책으로 지지부진하고, 연료인 석탄이 떨어져가자 엠페러 호가 한강하구를 빠져나오면서 예포라 하여 대포를 발사한 후 중국으로 귀환했다.

오페르트의 두 번에 걸친 조선항해가 단행된 후에 조선에서는 미국 상선 제너럴 셔먼 호 사건과 프랑스함대의 조선 원정이 계속하여 일어나 국내 사정은 극히 불안한 가운데 조선과의 통상은 더욱 어려워만 갔다. 또 프랑스도 인도차이나에서 반란이 일어나 로즈 제독이 이끄는 원정함대가 재차 조선 원정을 단행하기에 어려운 형편에 놓이게 되었다. 여기에서 오페르트는 비상한 방법을 강구하지 않고서는 조선과의 통상교섭이 불가능하다고 판단하여 왕릉에 매장되어 있는 부장품인 보물을 도굴하여 이를 미끼로 대원군과 통상교섭을 해보리라는 기발한 착상을 하게 되었다. 이때에 천주교 박해를 피해 중국으로 도망간 조선인 신자와 프랑스인 신부 페롱이 이 계획에 협조해 온 것으로 짐작된다. 따라서 제3차 조선 항해는 2년여의 기간

이 소요되어 1868년 4월에 상하이를 출발할 수가 있었다.

제3차 조선 항해에는 680중량톤급(적재톤수 약 1000톤)의 기선 차이나(China) 호(선장 Moeller)와 흘수가 2피트인 상륙용 증기선 그레타(Greta, 60톤급) 호를 예인하여 단행되었는데, 이 원정계획의 자금책이 미국인 젠킨스(Frederik Jenkins)였다. 이 사람도 상하이 주재 미국영사관에서 근무한 경력이 있는 보험자로 일확천금을 얻을 수 있다는 망상에 사로잡혀 있는 위인이었다.

제3차 원정대의 규모로는 총책 오페르트 외에도 자금책 젠킨스, 프랑스신부 페롱과 조선인 신자 최선일 외 1명이 안내역을 맡았고, 선원으로는 유럽인이 8명, 필리핀 선원이 20명, 중국인 선원이 100여명 등 총인원은 약140여명으로 구성되어 있는데 이들 중국인은 항구를 떠돌아다니는 뱃사람, 노동자, 쿨리 등 천민이었다.[75]

차이나 호는 프러시아 국기를 게양하고 조선으로 항진했는데 처음부터 원정의 목적이 왕릉을 도굴해서 발굴한 시체와 부장품을 미끼로 조선 정부와 흥정을 하기로 계획된 항해였으므로 〈악명 높은 원정(disreputable expedition)〉으로 불리우고 있다.[76]

제3차 원정대는 일본 나가사끼에 도착하여 구식 머스킷 소총과 도굴에 필요한 장비를 싣고 조선을 향해 떠나 5월8일 오

75) William E. Griffis, 전게서, p.107.
76) Ellasue Wangner, Korea : The Old and the New, New York : Fleming H. Revell Co,. 1931, p.29.

후 10시 충청도 홍주목 행담도에 도착했다. 모선인 차이나 호(號)를 행담도에 정박시켜 놓고, 상륙용 증기선인 그레타 호에 100여명의 선원을 태우고 덕산군 구만포에 상륙하여 러시아인으로 행세하면서 대원군의 아버지 묘소가 있는 남연군 묘소로 행군했는데 이들은 모두 군복을 착용하고 무기로 무장한 행군이었다.

이들은 행군 도중에 덕산관아를 습격하여 군기를 탈취하면서 남연군 묘소로 직행했는데 덕산군수 이종신이 관아병력 인근 백성을 모아 발굴 작업을 저지코자 노력했으나 병력 부족으로 불가항력이었다.[77]

이들 도굴꾼들이 밤새도록 도굴작업을 하는 동안, 공주영장 조의철은 공주감영 소속 별초군관 50명, 군뢰(軍牢) 30명, 우영 소속 군졸 20명을 거느리고 이 양이를 격퇴하려 했으나 화력이 열세하여 물리치지 못했다. 그러나 오페르트와 도굴꾼 일행은 남연군 묘소까지 오는 동안 시간을 너무 소비하여 야간 발굴에는 시간이 너무 짧았고, 예상외로 봉분이 견고하여 관이나 부장품의 발굴을 중단하고 모선이 있는 행담도로 철수했다. 이 사건이 〈오페르트의 남연군묘 도굴사건〉으로 국내외적으로 많은 문제를 야기한 사건이다.

남연군묘 도굴사건이 서울로 보고되자 대원군뿐만 아니라

77) 고종실록(상) p.286, 고종5년 무진4월21일조, 공충감사 민치상 장계.

모든 백성의 격분은 열화와 같았다. 유교적 전통질서를 숭상하면서 조상숭배를 하늘과 같이 신성시하는 백성인데, 더구나 대원군의 생부 남연군의 묘소가 도굴꾼에 의해 훼손되었으니 사건도 보통사건과는 전혀 달랐다. 흥분한 대원군이 필시 이 사건에는 천주교도의 사주와 내통이 있었다고 판단하여 양이와 결탁하는 천주교도를 모조리 잡아들이라 명령했다.[78]

오페르트 일행은 구만포에 대기 중인 소선 그레타 호를 타고 5월 12일(음 4월 20일) 행담도에 정박 중인 모선 차이나 호와 합류, 5월 13일에는 남양만 연흥을 거쳐 14일에는 인천만 영종도 앞바다에 들어왔다. 이들은 영종첨사 신효철이 파견한 문정관과 내조의 목적을 필담으로 문정했으나 그들은 생선, 야채 고기류 등의 부식류를 구하고자 한다면서 대원군에게 보내는 문서를 전했는데 이 문서의 명의는 지구상 존재도 하지 않는 아리망(亞里莽) 수군제독 몇(오페르트)로 되어 있어 이들의 내조목적은 철저히 위장된 약탈의 기도가 명확하다. 그는 이 문서에서 대원군의 결단을 촉구하면서 대관을 파견하여 자기와 협상을 하도록 강요했다.[79] 이 문서에 대하여 영종첨사 신효철은 회신을 통하여 대원군은 지엄한 분이라 무례한 문서를 전할 수 없고 돌려보낸다고 하면서 남연군묘 도굴사건을 힐책하면서 서

---

78) 동상조
79) 고종실록(상) p.287, 고종5년 무진4월23일조, 영종소박양선투서 (外封云 煩帶至大院君座下).

양선이 표도해 오면 유원지의로 대접하지 않을 것이라 맞섰다.[80]

조상의 묘소를 도굴하는 것이 이렇게 무서운 결과를 낳게 하고 너무나도 사리에 어긋난 일이 아닐 수 없으나 목적 달성에만 눈이 어두운 오페르트는 조선 정부와의 직접 협상이 불가능해지자 영종도로 상륙하여 약탈행위를 자행하다가 신효철이 이끄는 조선군 100명과 교전이 벌어졌다. 이 전투에서 오페르트군 2명이 전사했는데 목을 잘라 동문에 효수했다.[81]

한편 조선 조정에서는 공충감사 민치상의 장계에서 "조선에는 조선 복장을 한 자가 2명이 있는데 이들은 사류(천주교도)가 틀림없다"는 보고를 받고 내통한 천주교도를 색출키로 방침을 정했다. 이리하여 장치선이 체포되어 문초를 받아내니 병인사옥이래도 천주교도 최선일, 김학이, 침순여, 리성집, 이성의, 박복녀, 송운오 등 7명이 중국으로 피신하여 상하이, 연태구(煙台口) 등지에 살고 있으며 이번에 나타난 양이들과 결탁이 되어 있음을 알아내고 청에 자문을 보내 이들의 강제송환을 요청했다. 이에 청 총리아문의 공친왕(恭親王)은 이 조선인 최선일 등이 민간에 숨어있으면 체포하여 조선으로 압송하라는 명령을 내렸다.[82]

---

80) 동상조, 답서(以永宗僉使 名修答以逯).
81) 동상서, 4월24일조
82) 等辦夷務始末(六) pp.1385~6, 권60 :18~20, 同治7年6月己未條.

1868년 5월 조선에 해적행위를 하러 떠났던 원정대가 실패했다는 소식이 중국 상하이에 전해지자 이곳에 모여 있던 서양인들 사이에는 많은 화제가 되었고, 소문이 꼬리를 물고 계속되었다. 상하이주재 미국총영사 시워드(George F. Seward)는 미국상인 젠킨스가 이 사건에 가담되어 있어 자신의 숙부이자 당시미국국무장관인 윌리엄 시워드(William H. Seward)에게 사건 전말을 보고하면서 "조선으로 항해했던 젠킨스 일행은 조선 왕릉을도굴, 시체를 발굴하려 기도했다고 하는데, 이것은 아마도 그시체를 이용하여 금품을 갈취하는 데 목적이 있는 것"이라 하면서 이 해적행위와 관련된 젠킨스의 신분을 확인하고, 또 그의 기소여부를 결정하기 위하여 진상조사에 착수했다. 그러나영사재판이라는 것이 자국민을 유리하게 판결하는 것이 이 때의 관행인지라 기소된 젠킨스는 시워드 총영사의 의도와는 다르게 무혐의로 석방되었으나 이 영사재판에 배석했던 4명의배석판사중 한 명인 헤이에스(A.A. Hayes, Jr.)는 1880년 4월 21일자 네이션(The Nation) 지에서 조선에 대한 오페르트의 비인도적행위를 비난하면서, 당시의 영사재판이 얼마나 우스꽝스러운엉터리 재판이었나를 고발하고 있다. 그는 만약 젠킨스가 본국에서 재판을 받았다면 그는 틀림없이 유죄판결을 받았을 것이라고 말하고 있다.[83] 그 당시 중국에 와 있는 서구열강이 포함

---

83) William E.Griffis, 전게서 pp.105~114.

외교의 위력으로 치외법권을 행사했기 때문에 이 국제적사건은 증거 불충분이라는 미명하에 은폐되었으나 이 사건을 계기로 조선인들의 서양 사람에 대한 증오감을 더욱 심화되어 갔고, 대원군의 천주교 탄압책과 처형은 강화되었을 뿐만 아니라 대원군의 쇄국정책은 더욱 굳어져만 갔다.

(2) 일본 군함의 조선 해역 출현

미해군 페리(Perry) 제독의 태평양함대 포함외교로 개국을 하게 된 일본은 1868년 메이지유신을 단행하면서 왕정복고와 함께 근대적 국가체계를 만들기 시작했다. 이리하여 근대식 군편제를 도입하여 육군은 독일식, 해군은 영국식 제도를 모방하여 국방책을 강화했다. 또 1871~72년에는 대규모 사찰단을 서유럽에 파견하여 서양문물을 터득하면서, 유럽열 강들이 식민지 경영에 몰두하고 있음을 보았다. 신흥국으로 개화하는 데 일본은 상권의 확보를 위해서는 식민지의 확보가 절실했고, 기회만 되면 가장 가까운 위치에 있으면서도 아직 개화되지 못한 대만과 조선을 공략할 기회를 엿보고 있었다. 이러한 야욕은 일본의 군부가 메이지정부 내에서 득세하면서 대만정벌에 착수, 이를 성취했으나, 기후와 풍토병으로 많은 희생자만 낸 채 철수하자 조선으로 방향을 전환, 대륙 진출의 기회를 엿보게 되었다. 조선은 일본이 대륙으로 진출하는 데 절대적으로 필요한 위치에 있는 나라로 대만보다 유리한 조건을 골고루 갖춘 나라였다.

1869년 9월 일본 외무성은 조선과의 교섭을 위하여 외무성 관리 모리야마 시게루(森山茂) 외 2명을 당시 왜관이 있는 부산포에 파견토록 결정했다. 이들 3명은 1870년 부산에 도착하여 조선의 국정을 염탐, 이를 본국 정부에 보고했는데, 1874년 3월 14일 초량왜관에 주재해 있던 이들로부터 대원군이 하야하여 조선의 내정이 변화를 보일 것이라는 첩보를 입수했다.

이들은 일본이 군함을 파견해서 대마도 근해를 측량케 하여 이로써 조선의 내분을 틈타 일본이 원하는 협상에 응하도록 하는 청원을 본국정부에 건의했는데,[84] 이렇게 해서 일본의 외무경 테라시마 무네노리(寺島宗則)는 태정대신 산죠 사네도미(三條實美), 우대신 이와쿠라 도모미(岩倉具視), 해군대보 가와무라 스미요시(川村純義) 등과 협의하여 군함 가스가 마루(春日丸), 운요 마루(雲揚丸), 테이니테이보 마루(第二丁卯丸) 등 3척을 부산에 파견하여 조선에 대한 무력시위를 하기로 결정되었다. 1875년 5월 25일 군함 운요 호가 사전예고 없이 부산포에 입항했다.

이에 훈도 현석운이 일본군함의 돌연 입항을 모리야마에게 항의하자 이들은 외교 사신이 와 있을 때 호위를 위해 군함이 오는 것은 당연한 조치라 했다. 훈도 현석운이 군함의 관람을

___

84) 山邊健太郎, 안병무 역, 『한일합방사』.

희망하자 일본측은 이를 허용했다. 조선의 지방관, 수행원 등 일행 18명이 군함에 승선하자, 이들은 이를 노려 즉각 함포사격을 발포 연습이라는 명목으로 발사했는데 이 포성에 놀란 훈도일행의 놀라움은 극에 달했다. 이들의 공포발사는 계획적인 무력시위로 이 계획은 일본 정부의 해군대보 가와무라와 운요마루 함장 이노우에 요시카(井上良馨) 해군소좌와의 사전협의 된 계획된 시위였다.[85]

이 운요 마루는 다시 9월 19일 강화도에 진입하여 유명한 「운요호 사건」을 유발한 일본 군함인데, 245톤급의 목조군함으로 승무원은 24명의 육전대를 포함하여 총 76명이었다. 운요마루는 기관이 장치된 기선이지만 풍랑이 심할 때에는 돛을 올려 운항한 소형 군함이었으나 대포가 무장된 선박으로 영국에서 도입한 소형 노후선이다.

---

85) 동상서, p.45.

1875년 일본 군함 이 작성한 부산포 해역의 해도

　1874년 2월 27일 일본 정부는 육해군성을 설치하여 본격적인 식민지 경영에 참여했다. 이때만 해도 일본의 해군력 이라는 것은 극히 미미하여 서양의 군함과는 비교가 되지 못하는 해군력이었는데 철선 2척, 철골목선 1척, 목조선 12척, 도합 총톤수가 1만 3800톤 규모였다. 그러나 1875년부터 영국에서 철제군함 후소마루(扶桑丸), 히에이마루(比叡丸), 콩고마루(金剛丸)를 구입하여 해군력의 확장에 주력하면서 외국인 고문과 선장도

대량 고용하여 대륙진출에 적극 가담하기 시작했다. 따라서 일본이 강화도 사건을 유발시킨 것은 아직도 개화가 되지 못한 조선을 포함외교라는 서양 자본주의 국가의 악습을 답습하여 무력으로 조선을 개국시켜 식민지 경제정책을 본격화하기 위한 사전계획의 하나였다.

운요 마루

운요마루가 강화만에 진입하자 강화포대는 이양선의 내침을 제어하기 위하여 포 사격을 시작했고, 이에 운요마루도 응사하게 되었는데 영국에서 구입한 소형군함이긴 하나 강화포대의 사정거리로는 대적이 될 수 없었으며, 운요마루의 육전대는 이어서 영종도를 점령하고 민가를 불태우고 조선의 구식포 38문을 빼앗아 9월 28일 나가사키로 돌아왔다. 이 운요마루의

강화만 진입의 목적을 그들은 청수를 얻기 위해 들어 왔고 일
장기가 게양되어 일본의 군함임이 명백한데 강화도 초지진 포
대에서 선제공격을 했다하여 일본 정부는 손해배상과 통상 수
호조약체결을 위하여 1876년 1월 해군함대를 조선에 파견하여
무력시위를 통해 목적달성을 기도하기에 이르렀다.

이 때에 파견된 일본 해군함대는 다음과 같다.

1) 닛신마루(日進丸) : 함장 해군소좌 이토우 스케유키(伊東裕
亨), 사관 11명, 준사관 6명, 하사관 33명, 육전대 및 해
군사병 108명, 한인 통역 6명, 계 160명

2) 모우 마루(孟春丸) : 함장 해군소좌 카사마 히로다테(笠間廣
盾), 사관 8명, 준사관 2명, 하사관 15명, 육전대 및 해군
사병 55명, 한인 통역 1명, 계82명

3) 다카오마루(高雄丸) : 선장 해군소좌 이노우에 요시카(井
上良馨), 사관 13명, 준사관 4명, 하사관 21명, 포병사관
22명, 보병사관 29명, 포병 120명, 육전대 및 해군사병
107명, 한인통역 1명, 계338명.

4) 겐무마루(玄武丸) : 선장 C.C. Mead(영국인), 기관장 G.J.
Smith(영국인), 감독 마츠다 도키토시(松田時敏), 사관 8명,
선원 55명

5) 하코다떼마루(函館丸) : 선장 에비코 스에지로우(蛯子未次

郎), 사관 10명, 선원 43명, 계54명.

  6) 교루마루(矯龍丸) : 선장 C.L. Hoorn(영국인), 감독 타케이
    하노죠(武井牛之丞), 사관 5명, 선원 35명, 계 42명[86]

이 6척의 함대 중에서 군함은 닛신마루와 모우 마루 뿐이고,
다른 4척은 화물선으로 일시 군함으로 위장한 수송선이다.[87]

닛신마루

구로다 기요다카(黑田淸隆)은 대일본국 특명전권대신 육군중
장 겸 참의북해도 개척장관의 자격으로 이 함대를 이끌고 전년
도 운요마루 사건에 대한 조선측의 배상요구를 위해 조선에 왔
으나 개국시켜 식민지경제 체제를 구축하기 위함이다. 이러한

---

86) 日本外交文書 第9卷 참조.
87) 渡邊勝美,『朝鮮開國外交史』, 第2편 2장 2절,普成專門學校研究年譜「普
　　專學會論集 第 3집」;田保橋潔, 近代日鮮關係の 研究 上, 1940, p.439

목적을 달성하기 위하여 주청일본공사 모리아리 노리(森有禮)를 청국정부와 담판을 시켜 청국의 묵인을 얻어내고, 또 미국측의 협조를 얻어 이 원정계획을 단행하게 된 것이다. 이러한 후진 미개화국에 대한 포함외교는 이미 미국의 페리 함대에 의하여 강제개국을 당한바 있어 이를 조선에 그대로 모방, 답습한 방법이었다. 이 조선원정 함대가 조선으로 출발할 때에 당시 주일미국공사 빙햄(J. A. Bingham, 1815-1900)은 일본측 전권부사 이노우에 가오루(井上馨)에게 미국인 테일러(Bayard Taylor)가 저술한 『Perry 제독의 일본원정소사』라는 책을 주면서 조선과의 개국교섭에 있어서 페리 제독이 일본을 개국시킨 수단과 방법을 가르쳐 준 바 있다.[88]

이 구로다 기요다카가 인솔하는 6척의 함대는 거류민 보호를 구실로 2척의 함선을 포함, 도합 8척의 선단을 구성하여 부산포에 나타나 19발의 대포를 발사하자 부산천지는 미증유의 공포 분위기에 빠져 들어갔다.[89] 동래부사 홍유창이 이양선의 출현을 중앙정부에 보고하자 의정부도 큰 혼란이 일어났다. 1873년 대원군이 고종의 친정으로 물러나자 민비 일파로 구성된 중신들은 속수무책이었으며, 일본의 포함외교 교섭에 강공책으로 대할 국력도 없었다. 원로대신들은 일본군함의 허세

---

88) 渡邊勝美의 전게서.
89) 日本外交文書 第9卷, 黑田淸隆大臣「使鮮日記」참조

에 밀려 개항교섭에 응하는 쪽으로 위기를 모면할 생각만 했지 고종과 민비도 개국에 찬동의 뜻을 표하게 되었다. 롱포드 (Joseph H. Longford)는 1911년 출판한 그의 저서 『한국 이야기』(The Story of Korea)에서 "The Queen has opposed his conservative intolerance but it was the man and not the policy to which she objected"[90]라 쓴 바 있는데 정책의 문제가 다분히 대원군의 쇄국일변도정책에 반대한 감정적 결정이 그 요인의 하나가 되었음을 알 수 있다.

이렇게 하여 조선은 1876년 2월 27일 강화도 연부당에서 강화도조약을 체결하게 되어 일본의 경제적 침략의 발판으로 이용당하기 시작했다.

---

90) Joseph H. Longford, The Story of Korea, London, 1911, pp.308 & 314.

4 이양선에 대한 조선측의 인식

  1797년 영국군함 프로비던스 호가 조선해역에 출현한 이래
로 이양선에 대한 조선의 위정자나 일반백성의 인식은 상호간
에 차이점을 나타내고 있다. 이는 국왕을 위시한 위정자들의
관점에서 본다면 외방과의 통교를 원치 않는 입장에서 일반사
민과 이양선간의 접촉을 가능한 한 억제시키고자 했으나, 일반
사민의 관심은 우선 조선의 재래선과는 모양이 다르고 또 엄청
나게 큰 범선이라 호기심이 많았던 것도 사실이다.

  19세기 전반까지만 해도 조선 해역에 나타난 범선형 이양
선은 대개가 슬루프형이나 스쿠너형 범선으로 배수톤수가
400~500톤급 선박이었지만 이러한 이양선의 출현을 중앙에
보고한 지방관은 "여산여운(如山如雲)과 같은 대범선(大帆船)"이니
또는 "섬만한 대범선"이니 하는[91] 과장된 표현을 써 놀라움을
표시하고 있어 호기심은 점차 경이로움 속에 위압감을 나타내

---

91) 일성록, 권207, 헌종15년 4월12일, 13일, 19일 조

고 있다.

임진왜란 이후에도 조선의 세 해역에는 왜국과 중국의 해적이 자주 나타나 약탈을 자행해 왔는데, 삼해의 해안선을 따라 설치된 봉화대에서는 변방의 이변을 알리는 봉화가 기본 통신 수단으로 사용되어 왔다. 그러나 19세기에 들어와서 본격적으로 나타나기 시작한 서양 이양선의 출현은 그 목적을 알 수 없는 것으로 변방의 위기를 알리는 봉화가 계속 오르게 되니 해안지방은 물론 봉화가 연결되는 내륙지방에까지 이양선의 출현소식은 빠르게 전달되는 현상을 초래, 위압감이나 위기의식은 더욱 전국적으로 확산되었다.

조선시대 봉화대(수원화성의 봉화대)
이양선이 해안에 나타나면 봉화를 올려 변방의 위기를 중앙에 알렸는데, 이 때 일반 백성에게는 위압감을 조장하는 역할을 하게 되어 더욱 전국민의 동요를 가져오게 했다.

그러면 이양선에 대한 위기의식은 언제부터 전 조선에 퍼져 민심의 동요를 가져왔고, 또 조선사회에 크나큰 불안을 조성하게 되었는가? 사실 조선의 정치체제는 중국을 대국으로, 그 우산아래 안주하면서 철저히 외계와 통교를 피해 온 나라였다. 이는 임진왜란과 병자호란이라는 두 차례에 걸친 외적의 침입을 받고난 뒤, 가능하면 모든 외부의 세력에서 격리되도록 애써 왔던 조선정부의 의식에서 비롯됐다고 할 수 있겠다.[92]

그러나 동양권에 진출하게 된 서구열강이 중국을 겨냥하게 됨에 따라 그 여파가 조선에까지 나타나게 되는데 이양선의 빈번한 출현이 바로 그것이었다. 초기에 나타난 이양선의 출현은 이미 앞에서 살핀 바와 같이 해난사고나 피항으로 흘러들어온 것 외에도 대부분 해안탐사나 가능하면 무역통상을 해볼까하는 단순목적의 항해로 조선의 일반사민들에게는 위압감을 줄만한 소요가 이어난 것은 아니었다. 다만 언어불통으로 인하여 뜻하지 않는 작은 마찰은 있었지만 적대행위를 보이지는 않았다. 하지만 해가 거듭할수록 조선해역에는 괴물같은 이양선의 출몰이 잦아지자 점차 위압감을 받게 되는데, 이러한 위압감이 점차 위기의식화하는데 결정적 계기가 된 것은 아편전쟁의 여파다.

중국이 아편전쟁에서 영국군에 패배하고 개국한 후, 이러한 소식이 조선에 전해지자 서양포함의 실세를 알게 되었고, 따라서 이양선의 조선 해역 출현을 불안한 시각으로 보지 않을 수

92) 한우근,「개항 당시의 위기의식과 개화사상」,『한국사연구』2, 1967 p.1.

없는 형편이 된 것이다. 이렇게 조선사회의 분위기는 천주교 탄압정책과 상승작용되어 이양선이 나타나면 이 탄압정책에 대한 양이들의 군사적 응징의 목적이라고 속단해서 피난사태를 가져왔고, 또 농번기에 피신을 하다 보니 농사가 적기를 놓치게 되어 생산의 부실을 가져와 농경사회인 조선의 사회경제에 크나큰 피해를 주게 되었다. 그러나 국왕을 위시한 조정중신들의 걱정은 중국의 큰 난리가 아편무역을 야기한 사건이었고, 또 중국에서 아편의 사회문제가 매우 심각하다는 연경사신의 보고서(聞見別單)에 따라 이의 걱정을 심각하게 했으나 대책을 마련할 방책이 없었다. 다만 중국과 국경을 대하고 있는 만부(灣府, 義州)와 해안방비를 철저히 하자는 것 외에 별다른 묘책이 없었다.

사실 아편은 그 중독의 폐해가 보다 더 심각하게 중국을 좀먹었는데, 전 중국사회의 기초인 농경사회를 파괴시켰던 것으로 19세기 후반기에 전 중국인의 10%가 마약을 사용했다고 한다.[93] 이렇게 서양세력이 조선이 유일하게 신봉하던 중국을 강제로 개국시킨 저의를 깊이 인식치 못하고 아편과 서양물건의 국내 유입을 억제하는 문제에만 관심을 보인 것은 지난날 임진왜란, 병자호란과 같은 외국의 침략이 있을 것이라는 예상

---

93) F. Wakeman Jr., The Fall of Imperial China, N.Y., The Free Press, 1975. pp.144~145.

은 이 당시만 해도 전혀 하지 않고 있기 때문이다. 그러나 1860 년 영불연합군이 북경을 함락하고 원명원이 불타고 황제가 열하로 피난 갔다는 소식이 사신편으로 전해지자 외세에 대한 전 조선의 위기의식은 극도에 달했다.

소식을 접한 철종은 곧 중신회의를 소집했는데,

> "天下를 장악한 큰 나라가 오히려 적을 당하지 못하였으니 그 서양오랑캐의 무력은 가히 알 수 있다. ……연경이 위태로우면 우리나라라고 어찌 편안하겠는가… 우리나라도 그 화를 면할 수 없게 되었다. 하물며 그들의 배가 우수함은 일순에 천리를 갈 수 있는 정도가 아니겠는가. 그렇게 되면 장차 이를 어찌할 것인가. 대비책을 강구하지 않을 수 없는데 그대들의 뜻은 어떤가?"

라고 물었다. 여기에서 국왕은 서양선의 위력에 대하여 몹시 걱정을 하고 그 대책을 묻고 있으나 영의정 조두순을 위시한 중신들의 진언은 내수(內修)를 한 후에 외적의 침입을 막을 수 있다는 막연한 대답뿐이었다. 결론은 국왕은 학문을 게을리하지 않고 백성의 모범을 보여야하며 민심의 동요를 진정시키기 위해 지방관의 임명에 신중을 기한다[94]는 지극히 막연한 것

---

94) 승정원일기, 125책, 성풍11년 1월29일조

이었다. 이렇게 막연한 대안으로 서양의 실세와 진의를 파악치 못하고 있는 것은 중국의 대사건이 사교(천주교)와 마약무역과 같은 통상의 문제로 야기된 충돌이긴 하나 영토정복의 목적이 아니라는 점에 위안을 하고 있었기 때문이다. 따라서 서양오랑캐가 산물이 풍부치 못한 조선에까지 침략치 않을 것이라는 막연한 희망으로 국왕의 걱정을 덮어버린 것으로 해석된다. 문제는 이러한 중국측의 사태에 편승하여 국내에 퍼져있는 사교집단이 외세와 야합하여 이양선을 불러들이지 않을까하는 우려가 높았는데, 조선인 천주교신부 김대건을 서둘러 처형시킨[95] 이유도 이와 같은 연유에서 였다. 그러나 이양선의 위력에 대한 불안감은 조정중신들 보다는 국왕인 철종이 더욱 심각하게 느끼고 있는데 「그들(영국)의 선박이 우수함은 일순에 천리를 갈 수 있는 정도가 아니겠는가?」하는 놀라움에서 찾을 수 있다.

그런데 이렇게 조선정부가 이양선들이 조선해역에 빈번하게 출몰했던 1840년대에 중국과 일본에 이러한 정보를 전하면서 공동의식을 가지고자 했던 점은 흥미로운 일이다. 조선정부에서는 영국군함 사마랑 호가 제주도 우도에 나타나 일행 200여명이 무단으로 상륙하여 돌아다니다가 떠난 사실을 청의 체부에 알려서 광둥의 번박소에 조선은 금단의 나라이니 영국선

---

95) 전게 승정원일기, 12월 10일조

의 출몰을 막아 주도록 요청한 사실[96]과 일본의 막부에도 알려 「변장(邊將)의 걱정을 같이 한다」[97]는 뜻으로 상호간 정보교류와 협조를 당부한 점이다.

이러한 이양선에 대한 경각심은 1848년(헌종 14년) 4월에 대마도주가 전사(專使)를 보내 3월 4일에서 15일 사이에 10여척의 이양선이 계속 출현하여 동해안을 따라 북상하고 있다면서, 이양선단의 약도를 첨부하여 연락해옴에 공포감은 더욱 높아졌다. 헌종은 지난해인 1847년 프랑스군함이 서해를 침입한 바 있어 그 군함이 다시 온 것이 아닌가 하여 크게 걱정을 하면서, 양이가 침공해왔을 경우 조선의 군사적 대비가 너무나 허술한 것을 개탄하고 있다.[98]

헌종~철종 연간에 선명을 확인할 수 없는 이양선이 계속하여 출몰했는데 조선의 기록을 토대로 열거하면 다음과 같다.[99]

1) 헌종 6년(1840) : 영국선 2척 - 제주도의 가파도[100]

2) 헌종14년(1848) : 이양선 10여척 동해안을 북상중이라는 대마도주의 정보 제공.

---

96) 일성록, 권158, 헌종 11년 7월 5일조
97) 일성록, 권160, 헌종 11년 9월 5일조
98) 민두기, 「19세기 후반 조선왕조의 대외위기의식」, 『동방학지』, 제40호, 1986, p.274.
99) 이미 앞에서 선명을 확인, 기술한 것을 제외한다.
100) 승정원일기, 118책, 도광20년 12월 30일조

3) 헌종15년(1849) : 함경도 일대에 이양선의 출몰이 빈번해
   졌고, 3月에는 수많은 범선이 부산포 해역을 통과했다
   는 지방관의 보고.[101]

4) 헌종15년(1849) : 4월에는 서천에서 여산여운(如山如雲)과
   같은 대범선 1척이 통과했으며, 울릉도 앞바다에서 섬
   만한 대범선이 통과한다는 보고[102]와 함경도 이원 유성
   리에서는 이양선 어부가 상륙하여 천막을 치고 벌목하
   는 것을 18명 체포했다는 보고.[103]

5) 철종원년(1850) : 울진앞바다에 나타난 이양선에 문정차
   다가서는 관리를 향해 총포를 발사하여 격군 1명이 사
   망한 사건.[104]

6) 철종 2년(1851) : 나주목 비리도에 언어를 알 수 없는 이양
   선인 29명이 표류하여 구조를 요청하매 배를 주어 출항
   케 한 사실.[105]

7) 철종 3년(1852) : 7월에는 프랑스 군함이 좌초하여 난파된
   잔해에서 기물을 찾아가기 위해 나타난 사건.[106]

8) 철종 5년(1854) : 함경도 덕원부에 이양선의 선원이 상륙

---

101) 일성록, 권207, 헌종15년 4월12일, 14일, 19일조
102) 상동.
103) 일성록, 권207, 헌종15년 4월20일조
104) 일성록, 권11, 철종원년 3월7일조
105) 비변사등록, 24책, 철종2년 4월1일조
106) 비변사등록, 24책, 철종3년 7월23일조

하여 고을 사람을 살상한 사건.[107]

9) 철종 7년(1856) : 평안도 안변에 이양선이 나타나 마을의 소와 식량의 구매요청을 거절하자 은전을 던져두고 강제로 가져간 사건.[108]

10) 철종10년(1859) : 4월25일 경상도 울산해역에 이양선의 출현 보고.[109]

이상과 같이 조선의 세 해역에 이양선의 계속적인 출몰에 족벌정치와 당쟁으로 점철되었던 빈약한 왕권으로 외방을 기하기에는 조선은 너무나도 허약한 나라였다. 뿐만아니라 외방세계에 대한 정보와 견문이 불실하여 이양선이 출몰하는 근본 원인을 알지 못하고 그에 대한 대책을 마련함이 없이 걱정만 더해 갔을뿐 속수무책이었다.

그러나 1864년 3월 철종이 승하하고 고종이 등극하면서 섭정으로 왕권을 잡게 된 대원군은 우둔한 인물이 아니었다. 그는 이미 파락호(破落戶) 시절을 통하여 족벌정치의 폐습을 몸소 체험했고, 민심이 이양선과 대내정세에 의해 극히 동요하고 있음을 누구보다 잘 알고 있는 터였다. 양이의 내침에 대비하기 위해서 천주쟁이와 양이간의 통교를 근절시켜야 하고, 이양선

---

107) 비변사등록, 24책, 철종5년 4월27일조
108) 비변사등록, 24책, 철종7년 7월29일조
109) 승정원일기, 125책, 성풍10년 4월25일조

의 침입에 해안방비를 튼튼히 하는 부국강병책을 몸소 실천했다. 이것이 대원군의 해방사상이며, 왕권을 건실하게 보전하는 일이라 믿었다.

이러한 해방책이 그가 섭정을 시작한 3년 뒤인 1866년부터 실행에 옮겨지게 되는데, 파격적인 인재의 등용으로부터 전함, 수뢰포제작, 군비의 개선 등 실로 혁신적인 정책을 실시하기 시작한 것이다.

5 해방사상의 발아

　중국이 아편전쟁(1838~1842)에 굴복하자 영국에게 홍콩을 할
양하는 것을 위시한 8개 항목에 달하는 난징조약의 체결은 중
국인에게 가혹한 이권을 강요한 불평등조약의 시초이며, 이 조
약은 중국을 서구자본주의 국가에게 문호를 전면 개방하여 제
국주의의 침략을 여는 시발점이 되었다.[110] 양이가 천자의 나라
를 범했다는 소식은 즉각 조선사회에 전해여 국왕(憲宗)은 중영
간의 무력충돌에 지대한 관심을 보이면서 서양의 나라인 영길
리국은 「화기가 특히 교독(巧毒)」하여 사교를 전파할 가능성을
걱정하고 있었다. 1832년 황해도 몽금포 해안에 나타난 이래로
약 1개월간 서해안 각지에 출몰하면서 무역통상을 요구했던
영길리선(Lord Amherst호) 사건을 상기시키면서 조야는 영국 선박
이 다시 나타나면 즉각 격퇴할 수 있도록 해방을 견고히 해야

---

110) F. Wakeman Jr., 김의경 역,『중국제국의 몰락』(The Fall of Imperial
　　China), 서울, 예전사, 1987, pp.154~155.

한다는 인식을 점차 하게 되었다. 이러한 해방의 인식이 서서히 일어나고 있는 시기인 1841년 1월(양) 영국군함 2척(선명 미상)이 제주도의 가파도에 나타나 선원 40여명이 무단으로 상륙하여 경작중에 있는 농가에 소를 무력으로 약탈한 사건이 중앙정부에 보고되어[111] 이양선에 대한 위압감은 점차 공포의 대상으로 변화되어갔다. 이때 국왕을 위시한 조정중신들의 관심은 아편의 국내유입과 서양세력과 내통하는 국내 천주교도간의 야합으로 인한 소란을 크게 걱정하는 편이었으나 일반백성들의 걱정은 이양선이 쳐들어와 전란이 일어나지 않을까하는 점으로 다소간 인식의 차이를 보이고 있다. 이러한 민심의 동요는 19세기에 들어와서 계속되는 천주교탄압책, 지방민란, 계속되는 흉년으로 민심은 점차 황폐되는데도 조정은 족벌정치에서 벗어나지 못하여 국가재정이 해방책을 견고히 할만큼 축적이 되지 못하고 있는 실정이었다. 반면에 중국으로 향하는 서양의 선함은 계속 증가되어 그 영향이 조선해역에 더욱 강하게 나타나 1845년 제주도에 나타난 영국군함 사마랑 호의 출현 때는 전 제주도가 철시되어 육상간의 해로가 두절되는 등 극심한 민심의 동요가 있은 것은 이미 김정희의 기록에서 살펴본 바와 같다. 또 그는 홍선(紅船, 서양군함)이 우리 경계를 넘어오니 위정자는 해국도지에서 주장하는 바를 채택 실시해야하며, 우선 범

---

111) 승정원일기, 118책, 도광20년 12월30일조

선을 사용해 군선제를 채택해야한다고 역설하고 있다. 이러한 식자층의 사상적 변모는 이 시대에 실학에 심취했던 최한기와 같은 학자들과도 공감하고 있는 사상이었으며 해방사상의 발아가 나타나고 있음을 보여주고 있다. 또 1848년 헌종실록에도 다음과 같은 사실이 기록되어 있어 조선조정은 서양세력이 조선에 침입해 올 것이라는 깊은 우려를 가지고 있었다.

"是歲夏秋以來 異稱船出沒隱現於慶尙全羅 黃海江原成鏡五道 大洋中或漫瀾 無以蹤跡 之 或下陸沒水 或叉鯨爲糧 殆無計基數也"[112]

이미 1846년, 1847년 두 차례에 걸쳐 프랑스 해군함대가 조선 해역에 나타나 천주교 박해와 관련하여 무력시위를 한 바 있어 조선 사회에는 양이와의 무력충돌에 대한 대책이 은연 중에 발생하게 되었는데 조정의 국력이 쇠약하여 적극적인 대책을 마련할 수가 없었다. 더구나 1857년 일본으로부터 콜레라가 들어와 40만명이 사망하는 전염병이 퍼져 민심의 동요는 더욱 가중되었다.

이러한 대내 사정 속에 1860년 8월 영불연합군이 베이징을 함락시켜 중국의 황제가 열하로 피신, 경우에 따라서는 조선에

---

112) 헌종실록 권15, 헌종14년 12월을사조

까지 피난올 것이라는 소문을 접한 조선은 크나큰 혼란에 빠졌음은 이미 기술한 바와 같다. 모든 관청사무가 마비되고 백성들은 피난가는 자가 속출하고, 고위관직에 있는 자들도 가족만이라도 피난시키려 했다. 정부의 중신들은 양이의 침략을 막기 위해 해안경비를 강화해야 된다고 주청하고, 조정은 전비의 증액을 시행하여, 이를 부상인 경강상인을 비롯한 부호들에게 강제부과 하였다.[113]

1850-60년대의 서양 증기선인 상선
대포와 같은 중무장을 하고 선함이라고도 불렸는데 군함과 상선이 명확히 구분되지 못했던 시대의 기선이다.

이러한 서양의 이양선에 대해 적극적인 대항책을 강구하지 않을 수 없었던 점은 중국뿐만 아니라 일본도 미리견국(미국)

113) 졸고, 「구한말 근세기선에 대한 인식고」, 『한국해운학회지』, 제4호, 1987. 6월, pp.194~195.

에 의하여 강제로 개국했다는 소식이 전해져 양이가 조선을 그냥 두지 않을 것이라는 인식이 조야에 지배적이었기 때문이다.

건장한 청장년들에게 소집령이 내려졌고, 강화도 포대를 개축하는 한편, 1847년 조선 응징에 출동했다가 전라도 신치도 해안에서 좌초된 프랑스 군함 글르와 호와 빅또리외즈 호에서 인양한 대포를 모방하여 불랑기포라 하여 해안에 배치하고, 소총을 모방하여 병기도 만들었다.[114)

1864년 흥선대원군 이하응은 나이 어린 아들이 왕위에 오르게 되자, 섭정으로 왕권을 잡게 되었다. 그는 족벌세력과 같은 중간매개세력을 배제하고 강력한 왕권체제를 강화하기 시작했다. 그는 이미 집권 전에 많은 계층과 접촉하면서 민심의 동요를 목격했고, 서양세력이 조선에 나타날 것을 잘 인식하고 있는 터였다. 더구나 그가 섭정을 시작한지 두 달밖에 안된 시기에 러시아인이 두만강변에 나타나 통상을 요구한 일이 있는데다가 고종2년(1865) 9월(음)에는 수십명의 러시아인이 경흥부에 나타난 일도 있었으므로[115) 양이에 대한 대책을 마련치 않을 수 없는 입장이었다.

우선 양이가 쳐들어 올 때에 이 세력과 야합할지 모르는 분자를 색출 처리하는 것을 기본정책으로 하여 대대적인 천주교

---

114) Horace Newton Allen, 김규병 역, 『한국근대외교사년표』, pp.18~19.
115) 승정원일기, 고종2년 10월11일조

탄압책을 강행했고, 이 박해의 결과로 병인양요를 초래했는데, 이때 프랑스함대는 강화도 해역을 거쳐 서울의 서강까지 진입하여 그도 서양선의 실체를 보게 되었다.

그는 조선의 수군은 화포나 전함에 있어서 이양선과는 대항할 길이 없었으므로 새로은 해방책을 마련해야만 했다. 1860년대에 들어서서는 양이선은 모두 철판으로 둘러쌌고 큰 대포를 싣고 있어[116] 이런 배만 만들 수 있으면 이양선은 물론, 양이들을 격퇴할 수 있을 것으로 생각되었다.

또 관리들 중에도 해방책을 건의하는 자가 나타났는데 김윤식도 그 중의 한사람이었다. 그는 양이를 제압하려면 무기가 정교해야하며, 유능한 기술자를 구하여 해국도지의 그림을 참고하여 대포와 수뢰차 등을 제작하여 해안요쇄에 배치하는 것이 가장 효과적인 방법이라고[117] 건의했다.

이러한 건의는 대원군의 해방책과 뜻을 함께하는 것으로 로즈 제독의 프랑스함대가 물러가자 본격적으로 철전함과 각종 무기제작에 착수했는데, 우리가 주목해야할 것은 성패에 관계없이 이 대원군의 해방책이다. 그가 직접 지휘하여 만든 각종 군사장비와 해방책을 1871년 미국 해군함대의 조선 응징 때 시전에 사용했다는 사실은 자주국방의 의미를 새롭게 하는 국

---

116) 박제형, 『근세조선정감(상)』, p.71.
117) 김윤식, 『운양집』, 권11, 書牘中 「洋擾時答某人書」 참조

방책이 아닐 수 없다.

먼저 1867년 3월에 착수한 철전함과 수뢰포가 완성을 보게 되어 1867년(고종4년) 9월 9일(음) 한강의 노량진 북안에서 고종의 임석하에 진수식과 시험발사식을 거행했는데, 그 때의 광경을『근세조선정감』은 다음과 같이 기록하고 있다.

"대동강에서 격침된 제네럴 셔먼 호의 잔해를 끌어 한강에 가져와 이를 본떠서 철갑선을 만들고, 목탄을 때서 증기를 일으켜, 기계바퀴를 돌렸는데 선체가 무거운데 비해 증기의 힘이 약해서 움직이지 않았다. 부수어서 다시 배를 만들었는데, 비용이 수십만 량이고, 쌓였던 동과 철이 싹 없어져 버렸다.

대원군이 친림하여 진수시키면서 백성들이 자유롭게 보게 했다. 배를 물에 띄우고 불을 당겨서 기계를 재촉했으나 배의 진행속도는 극히 더디어서 한 시간 동안에 겨우 10여보를 떠갔고, 끝내는 여러 척의 작은 배로써 줄을 매어 끌도록 하니 사람이 모두 비웃으며 이런 물건을 장차 어디에 쓸 것인가 하였다. 대원군은 흥이 싹 가시었으나 끝내 후회하는 말은 없었는데 그 후에 배를 깨뜨려서 동과 철은 대포 만드는 재료로 충당하였다. 또 수뢰포를 제조하고 왕에게 노량진까지 거동토록 청하여 친히 사열하도록 했는데, 이 날에는 관람하는 자가 더욱 많았다. 작은 배를 중류에다 띄워 놓고 포를 장전하여 터뜨리니 강물이 용솟음쳐 십여 길이나 일어났으며, 작은 배가 공중에 치솟았다가 부서져 떨어졌다. 수많은 군중이 일제히 부르짖으며 신기하다 했으나 오히려 비방하는 자가 있어 "이것이 능히 잎사귀만 한 배를 파괴했으나 어찌 큰 배야 깨뜨릴 수 있으리오."하였다. 그러나 대원군은 자못 만족한 얼굴이었다.」

이 기록을 검토하고 보면 대원군이 만들었던 전함은 철선으로 목탄을 때서 증기의 힘으로 외차를 돌린 증기기선의 형태를 취하고 있다. 사실 이 당시 조선해역에 출몰했던 이양선 중에는 외차형기선이 많았지만, 대원군이 김기두를 시켜 제작했던 이 증기선은 해국도지에 나와 있는 기계도를 참고해서 만든 증기선이다. 그러나 근대 증기기선에 대한 기초개념이 없는 김기두가 선체의 중량을 이겨내는 동력을 내기란 처음부터 무모한 행위이긴 하나 대원군의 해방책에 대한 집념은 주목해야할 것이다.

이러한 대원군의 전함제작은 정부문서에서도 비교적 자세히 기록되어 있는데 전함은 매우 견고하고 가벼웠으며 지종정향 이경순의 책임하에 반년에 걸려 제작되었으며, 3척을 만들어 주교사에서 관리토록 했다.[118] 또 운현궁에서 1천량의 하사금을 전함제작에 참여했던 공장에게 시상을 하고, 1868년 1월에는 이 전함을 강화도에 보내어 연습에 이용케 했는데, 전함의 표식은 천, 지, 현자로 하고 유지비용은 훈련도감, 금어영, 어영청, 세 군영에서 서울 성내출입세를 거두어 충당토록 조치했다.[119]

1871년 신미양요 때 미행병대가 노획한 조선의 장군기의 수자기
미국해군사관학교 박물관에 소장되어 있었으나 한국에 반환되었다.

이 전함과 수뢰포 제작 외에도 대원군은 각종 무기와 장비를 개발하는 한편, 부국강병책을 써 국내에 포고하여 각종 무술을 가진 자를 자천하도록 허가하여 한성근, 이렴, 이능, 윤웅열 등은 차력으로 등용되고, 김기두와 강윤은 기계기술이 특출하다

118) 승정원일기, 고종4년 9월9일, 10월8일조
119) 승정원일기, 고종4년 9월25일조

하여 이 부국강병책의 하나인 전함과 수뢰포 제작에 참여했다.
이렇게 양이가 타고 올 이양선에 대비하여 각종 해방책을 널리
모집하니 운현궁에는 각종 계책을 가지고 오는 자로 문전성시
를 이루었는데, 면포가 총탄을 막을 수 있다하여 솜을 열두 겹
을 넣어 쏘아보니 뚫고 나가지 못하자 열세 겹에다 솜을 넣어
배갑(背甲)을 만들고 머리에는 등넝쿨로 만든 투구를 쓰게 했다.
(오늘날의 방탄복에다 방탄모다.) 포군에게 착용하여 훈련을 시키니 한
여름에 군사가 견디어내지 못해 코피를 흘렸다. 또 학의 깃을
엮어서 배를 만들면 포탄을 맞아도 선체가 가벼우므로 후진만
할 뿐 부서지지 않을 것이라 하여 사냥꾼을 풀어 학을 잡고 그
날개를 엮어 모아서 배를 만들어 비선(飛船)이라 불렀는데 날개
는 아교로 선체에 붙여 물에 들어가니 아교가 녹아 쓸 수 없게
되었다.

뿐만 아니라 군대도 증강시켜 팔도광대와 놀량패를 속오(隊
伍)로 편성하여 총포연습을 시켜 란후군(欄後軍)이라 칭하여 각
고을에 배치하고, 서울 동촌에 사는 백정들을 모아 별초군이라
부르고, 일본의 장창을 모방한 대를 편성하여 왜창대(倭槍隊)라
부르고, 창죽(槍竹)에 범꼬리를 달아서 호미창대(虎尾槍隊)를 편성
했다.[120]

오늘날의 시각에서 본다면 대원군의 해방책으로 마련된 각

120) 박제형, 전게서, pp.74~75

종 무기와 병기류는 웃지 못할 희극을 연출한 것이라고도 할 수 있을지 모르나, 중요한 점은 1871년 한미간의 최초의 전쟁인 신미양요 때 실전에 사용되었다는 점이다. 즉, 로저스 제독의 아시아함대 관측장교가 쌍안경으로 광성보를 관측해보니 수자기(帥字旗)가 펄럭이고 있는 가운데, 행렬과 대오를 지은 조선군 수비병이 적어도 1000여명 정도가 보였다. 그들은 "솜을 두껍게 놓은 전복(cotton-wadded armor coats)을 입고, 머리에는 전립을 쓰고 있었다."[121]

이 방탄조끼 역할을 했던 전복과 전립(戰笠)이 대원군의 해방책으로 준비한 군비였다. 또 다른 미국측 기록에 의하면 "솜 아홉 겹을 놓은 갑옷(cotton armor nine layers thick)을 입고 그 무더운 날씨에 미군과 대항해서 전투하였다."고 했다. 그러나 "이 솜옷은 방탄의 효과가 없었고, 오히려 조선군의 희생자만 더 많게 하는"[122] 요인이 되었다고 증언하고 있다.

또 불랑기대포도 30문이 강화해역에 배치되었는데, 조선군 대포의 사정거리는 보잘 것이 없어 불과 3~400보에 지나지 않아[123] 미국남북전쟁 참전용사로 구성된 미해군과 막강한 아시

---

121) "Our Little Battle in Corean Waters : A Naval Officer's Story," Overland Monthly, 8(2nd Series, 1866 p.127.
122) Albert Castle & Andrew C. Nahm, "Our Little War With the Heathen," American Heritage, XIX(April 1968), p.73.
123) 隱晴史(하), 고종19년 11월17일조

아함대의 적수가 되지 못했으나 조선군 병사의 감투정신만은 높이 찬양한다고 이 전쟁에 참전했던 미군측의 기록은 밝히고 있다.[124)

그러나 대원군이 김기두로 하여금 제작케 해서 강화해역에 배치한 증기기선 전함이 실전에 참전했다는 기록은 아직까지 찾아볼 수 없다. 미아시아함대의 막강한 해군력이 이를 군함으로 상상도 하지 못하고 간과해버린 것인지, 아니면 「여산여운(如山如雲)」과 같은 이양선이 내침해 오자 배를 버리고 육상전투에만 매달려 있었는지 확인할 수가 없다. 막대한 자금으로 실패에 실패를 거듭하여 제작된 증기기선 전함이 이양선과의 교전에서 전혀 쓸모없는 철덩어리에 지나지 않음을 대원군은 물론 조선 수군들은 이 전투에서 실감했을 것은 물론이다.

이러한 전함과 함재포역(艦載砲役)의 수뢰포 제작이 선진 외국의 기술도입이 없이 단지 「해국도지」에 의거 독자적으로 개발한 것으로 서양과학문명과 기술을 전혀 이해하지 못한 상태에서 만든 것이니[125) 실패는 당연한 일이긴 하나 이러한 대원군의 해방사상은 고종의 친정이 된 후에도 오랜 세월동안 국왕의 꿈이었다.[126) 그런데 고종의 군함확보 계획도 수차례의 시행착오

---

124) Windfield Scott Schley, Forty-Five Years Under the Flag, p.95

125) 김정기, 「1880년대 기기국, 기기창의 설치」, 『한국학보』 10호, 1978, p.95.

126) 졸고,「구한말 근대기선에 대한 인식고」참조

를 거쳐, 1903년에야 실현되는데 군함 양무 호의 도인까지로 연결되어 꿈을 이룬다.

　양무호에 대해서는 후일 다시 자세히 언급하기로 하고, 제원만 살펴보면 다음과 같다.

　원선명 : S.S. Pallas(영국적), 카투리츠 마루(勝立丸)(일본적)

　원선주 : 일본우선(주)

　건조년 : 1888년

　조선소 : 영국 Middles Borough 조선소

　용 도 : 화물선

　총톤수 : 3436톤

　선 장 : 346ft (약 103.8m)

　선 폭 : 41ft(약 12.3m)

　속 력 : 14Knots

　양 총 : 150정

　도자(刀子) : 100구

　육혈포 : 22정

　대 포 : 4문

　소 포 : 4문

　탄환, 화약 : 50상자

함 장 : 신순성[127]

승무원 : 27명[128]

　　이 한국 최초의 근대식 군함 양무 호는 1903년 4월 15일 인천항에 입항하였는데, 고종은 본함이 한국에 첫 입항하기 전인 4월 1일 함명을 양무호라 친히 명명하고 포공국(砲工局)에 배치하여 군함보유국의 꿈을 실현했으니[129] 대원군의 해방사상 이후 실로 40여 년만에 성취한 것이다.

---

127) 김재승, 「우리나라 최초의 기선 선장」, 『해기지』 1984년 5~6월 호 참조.

128) 황성신문, 광무7년 3월18일 잡보

129) 황성신문, 광무7년 8월22일

6 맺는말

　부산개항이 되어 쇄국조선이 개항이 되기까지 80여년간 여러 가지의 목적으로 서양선인 이양선은 조선 해역에 출몰은 시대적 흐름이긴 하나 외방세계에 무지했던 조선에서는 충격적인 상황이었다. 이러한 충격은 초기의 호기심에서 점차 위압감, 나아가서는 위기의식으로 변천되어 1860년대 초부터는 공포심으로 변환되어 왔다. 이러한 인식의 변천과정에서 우리가 주목해야할 점은 중국측의 두 차례에 걸친 대난리의 여파와 천주교박해라는 원천적인 문제가 내재해 있긴 하나 조선의 일반 백성들에게 직접적인 공포의 대상이 된 대상은 원인을 알 수 없이 나타나는 이양선이라는 점이다.

　이양선이 해안에 나타나면 산으로 피신하기에 급급했고 해안봉화대에서는 봉화가 계속 타올라 이 소문은 금방 내륙지방에까지 확산되어 조선의 농경경제에 크나큰 피해를 가져왔고 민심이 더욱 동요하는 요인으로 작용해 왔다. 그러나 이러한 와중에서도 해난사고로 표류해온 이양선이나 그 선원에 대해서는 동정심을 보여 구조에 적극 협조한 것은 이미 살펴본 바와 같다. 동방예의지국의 예를 충실하기 지킨 셈이다. 문제는 이양선의 통상강요와 선박에서 필요한 청수나 주부식의 보급요청에 대해서도 금전 거래방식의 무역으로 간주했던 점이다. 이는 당시 조선 사회가 화폐경제사회가 아닌 물물교환체계라 거래가 성립될 수 없었으며, 따라서 물자조달이 긴박한 이양선에서는 강권으로 소나 닭, 돼지를 가져가면서 서양의 은화를 던지고 떠나 조선의 피해자들은 강제탈취로 인식하게 되었고 따라서 이양선은 예를 모르는 사악한 무리 즉, 양이로 밖에 인식하지 못했다. 뿐만 아니라 언어가 통하지 않으니 이양선의 취항목적을 알 수 없었고, 군함, 상선, 포경선, 모두가 중무장이 된 선박으로 하나같이 군함으로 오인했고, 특히 불란서 천주교 신부의 처형사건과 연계시켜 조선해역에 나타나는 이양선은 모두 불란서 군함으로 오인하여 공포심은 더욱 높아 갔다.

이러한 조선사회의 공포감은 1860년 영불연합군의 베이징 함락으로 극에 달하여 조선조정은 차츰 해안경비책을 강구했으나 빈약한 재정과 중신들의 족벌정치로 실효성을 거두지 못했다. 대원군이 섭정을 맞이하면서 강력한 왕권의 수립과 함께 진행된 해방책으로 새로운 사조인 해방사상이 나타나 이를 실행한 바 있으나 근대자본주의 열강의 포함 위력에는 적수가 될 수 없었다.

이 기간에 조선 해역에 나타난 이양선은 선명이 확인된 것만
도 50여척에 달하고, 선명이 확인되지 않은 것을 합치면 적어
도 200여척에 달하나[130] 특히 이양선과 그 선원에 대한 혐오감
을 부채질한 사건이 1868년 오페르트의 남연군묘 도굴사건이
다. 이 사건은 조선 조정에서 대원군의 생부의 묘라는데 충격
을 받았지만 조선의 일반백성들에게는 조상의 묘를 파헤쳐 도
굴했다는 이양선의 양이들을 미개한 야만족과 같은 인간으로
평가했던 것이다. 물론 오페르트의 남연군묘 도굴사건은 국제
적 지탄을 받았지만 이 사건을 연루해서 대원군의 천주교 탄압
을 더욱 가중되었고, 조선의 쇄국은 깊어만 갔다.

1873년이 되자 고종이 성년이 되어 민비의 책동에 따라 대
원군의 섭정이 끝나 조선조정의 왕권은 민씨 일파가 서서히 득
세하는 시기를 맞이하게 되면서, 일본이 그동안 개화하여 새로
운 세력으로 조선을 염탐하게 되었다. 이는 이제까지 서양세력
인 영국, 프랑스, 미국이 조선을 포기한 것이 아니라 동양권에
서 새롭게 개국한 일본을 배후조정하여 쇄국조선을 강제 개항

---

130) 이현종의 「이양선과 흑선에의 대응양옹」에서는 1797년부터 1885년까
지 조선해역에 나타난 이양선의 출현 회수를 영국은 1797년부터 1885
년까지 5회, 프랑스는 1787년부터 1846년까지 3회, 미국은 1866년부터
1871년까지 4회, 네덜란드는 1회, 러시아 2회로 발표한 바 있으나, 이는
자과의 부족으로 인해 정확을 기하지 못한 것으로 생각된다.

시킨 우회적 방향으로 전환된 것일 뿐이다.

1868년 일본은 메이지유신을 단행하면서 급격히 서양문물을 도입하는 한편, 군비를 확장하고, 유럽열강으로부터 화륜선을 도입하여 해상력 증강에 몰두해 왔는데, 1870년대에 들어와서 그 여파는 조선해역에 나타나 미국 페리 제독이 일본에서 적용했던 포함외교의 위력으로 조선을 굴복시킨 것이다.

비록 일본의 강요에 의해 조선의 쇄국정책은 철폐되고 개화의 물결에 휩쓸려 갔지만 고종의 해방의지는 버릴 수가 없어 1880년 7월 5일(양) 개화사상과 근대화에 따르는 수신사 파견 때 김홍집 일행 58명 중에는 대원군의 포함제작에 참여한 바 있던 김기두가 수행원으로 참가하고 있는 것을 보면 짐작할 수가 있다.

이러한 군함보유의 꿈은 그 후에도 계속 되는데 1881년 이동인, 이원회를 시켜 일본으로부터의 군함도입을 시도했던 일이라든가, 1891년 평양 일대의 탄광을 담보하여 영국으로부터 연안경비용 군함을 도입코자 시도했던 사실, 또 인천소재 독일 상사 세창양행을 통해서 군함도입을 추진했던 일 모두가 대원군의 해방사상이래 조선정부의 꿈이었다. 이렇게 오랜 세월 속에서 염원했던 군함의 보유는 1903년에야 실현되어 勝立丸이라는 중고 화물선을 일본 미츠이상사를 통해서 군함으로 사오긴 했으나, 연료인 석탄의 소비가 과다하여 조선조정의 재정에 심각한 영향만 미쳤지 자주국방의 소임은 다하지 못하고 이조 오백년의 역사와 함께 역사의 한 장면으로만 스쳐 지나갔다.

　　결국 개항전 19세기 조선해역에 출몰했던 서양 이양선은 조선의 정치, 사회와 일반백성의 생활에 충격만을 더해 주었고, 쇄국조선을 더욱 강경한 쇄국책으로 일관하게 만든 그 직접 대상이 되어 왔다.

양무함